DIE BÜCHER MIT DEM BLAUEN BAND

David Almond ist einer der bedeutendsten britischen Gegenwartsautoren für Kinder- und Jugendliteratur. Er wurde unter anderem mit der *Carnegie Medal* (1998), dem *Hans Christian Andersen-Preis* (2010) und dem *Guardian Children's Fiction Prize* (2015) ausgezeichnet.

Weitere Informationen zum Kinder- und Jugendbuchprogramm der S. Fischer Verlage finden sich auf *www.fischerverlage.de*

David Almond

Heaven

Roman

Aus dem Englischen
von Alexandra Ernst

FISCHER

DIE BÜCHER MIT DEM BLAUEN BAND
Herausgegeben von Tilman Spreckelsen

MIX
Papier aus verantwortungsvollen Quellen
FSC® C014496

Erschienen bei FISCHER

Die englische Originalausgabe erschien erstmals 2000
unter dem Titel ›Heaven Eyes‹ bei Hodder Murray,
einem Imprint von Hodder Education,
einem Mitglied der Hodder Headline Group, London

Lektorat: Alexandra Rak
Umschlaggestaltung: Birgit Schössow
Satz: Dörlemann Satz, Lemförde
Druck und Bindung: GGP Media GmbH, Pößneck
Printed in Germany
ISBN 978-3-7373-4094-6

Für Jim und Kathleen Almond

TEIL 1

Whitegates

1

Mein Name ist Erin Law. Meine Freunde heißen January Carr und Mouse Gullane. Ich erzähle euch, was wir erlebten, als wir an einem Freitagabend aus Whitegates davonliefen. Einige Leute werden behaupten, dass sich nichts davon so zugetragen hat. Sie werden sagen, dass wir nur geträumt haben, dass wir alle denselben Traum hatten. Aber alles ist genau so passiert. Wir sind Heaven Eyes in den Black Middens begegnet. Wir haben den Heiligen aus dem Schlamm gegraben. Wir haben Grampas Schätze gefunden und seine Geheimnisse gelüftet. Wir haben gesehen, wie er in den Fluss zurückgekehrt ist. Und wir haben Heaven Eyes mit nach Hause genommen. Sie lebt jetzt bei uns und ist glücklich. Die Leute werden euch weismachen wollen, dass das gar nicht Heaven Eyes ist. Sie werden sagen, dass sie nur ein weiteres versehrtes Kind ist, genau wie wir. Aber sie ist Heaven Eyes. Ihr könnt sie ganz leicht erkennen. Betrachtet ihre Finger und ihre Zehen. Lauscht ihrer eigenartigen, lieben Stimme. Seht, wie sie durch die Dunkelheit der Welt blickt und die Freude erkennt, die darunterliegt. Das ist sie. Und alles ist genau so passiert. January, Mouse und ich waren dabei. Alles ist wahr. Also hört gut zu.

Wir sind versehrte Kinder. Wir alle haben unsere Eltern verloren. Deshalb leben wir in diesem Heim namens Whitegates in der Wohnsiedlung St. Gabriel. January wurde einen Tag nach seiner Geburt auf den Stufen eines

Krankenhauses ausgesetzt. Er heißt January, weil er in einer bitterkalten Winternacht im Januar gefunden wurde. Und sein Nachname lautet Carr, weil es das Carr Hill Krankenhaus war. January werdet ihr hier nicht mehr finden, und wenn ihr die Geschichte zu Ende gelesen habt, wisst ihr auch, warum. Mouse ist ein verlassener Junge. Seine Mutter starb, genau wie meine, aber dann ist auch sein Vater verschwunden. Mouse erzählt manchmal, dass sein Vater in Afrika ist, aber nicht einmal er selbst weiß, ob das stimmt. Mouse heißt er wegen des kleinen Nagers, den er immer in seiner Tasche mit sich herumschleppt, und von dem er früher behauptete, das sei sein bester Freund. Seine Maus heißt Quiek, weil sie quiekt.

Whitegates ist ein dreistöckiges Haus mit einem Garten, den man zubetoniert hat, und einem Metallzaun drum herum. Die Heimleiterin heißt Maureen. Viele Jahre lang wurde sie von Kindern wie uns immer wieder enttäuscht, und darunter hat ihr Herz gelitten. Bevor wir in jener Nacht verschwanden, erzählte sie uns ständig, wir seien *versehrt*. Sie sagte uns von Anfang an, wir würden es immer schwerer haben als andere Kinder. Sie sagte, wir müssten sehr hart arbeiten, um in der Welt zu bestehen. Dabei lächelte sie und strich über unsere Schultern. Sie sagte, dass wir uns bestimmt zu feinen Menschen entwickeln würden, wir müssten nur mit ihr zusammenarbeiten. Manchmal stand in ihren Augen geschrieben, dass sie wirklich daran glauben wollte. Manchmal sahen wir in ihrem Blick, wie sehr sie sich danach sehnte, es zu glauben. Sie schaute dann aus dem Fenster und beobachtete, wie wir uns flüsternd in dem Betongarten unterhielten. Oder sie stand im Türrahmen des Billardzimmers, ihre Fingerspitzen hatte sie leicht auf die Wangen gelegt, und beobachtete uns mit dieser Sehnsucht in den Augen. Oft hörte man sie in ihrer Wohnung hinter dem Büro wimmern. An diesen Tagen fand sie nur wenig Schlaf. Manchmal sahen wir sie mitten in der Nacht mit verweinten Augen durch die Flure laufen. Es gab unzählige Gerüchte und Geschichten über sie: Sie hatte nie eigene Kinder haben können; doch, sie hatte ein Kind gehabt, und es war wunderschön gewesen, aber es war als kleines Baby in ihren Armen gestorben; sie hatte mehrere Kinder gehabt, aber der Vater hatte sie ihr weggenommen, und sie hatte sie nie wiedergesehen. Niemand kannte die Wahrheit, also erfanden wir diese Geschichten. Wir erzählten sie einander und versuchten auf diese Weise, diese merkwürdige Mischung aus Liebe und Bitterkeit in Maureens Augen zu erklären. Diese Augen, die oft kalt waren, so kalt. Diese Augen wollten uns lieben und uns vertrauen, aber meistens sahen sie in uns nur versehrte Kinder, die niemals genesen konnten.

In Whitegates leben etwa ein Dutzend Kinder. Manche sind wie Maureen: erfüllt von Traurigkeit oder aufgefressen von Bitterkeit. Einige haben gebrochene Herzen und zerrissene Seelen. Aber die meisten mögen sich und passen aufeinander auf. Denn wenn wir füreinander da sind, kann uns nichts schrecken – nicht die Psychiater oder die Psychologen, die Sozialarbeiter, die Betreuer, die Spieltherapeuten, die Drogenberater, die Gesundheitshelfer, die Fürsorgekräfte. Und auch mit Maureen, wie sie damals war, kamen wir dann klar, mit ihren Fragen, ihrer Kälte und ihren Stuhlkreisen. Wenn wir zusammenhielten, konnten wir eine Ecke des Paradieses finden, das wir alle verloren hatten.

Manchmal wurde von uns verlangt, dass wir in dieses Paradies zurückkehrten. Im Stuhlkreis sollten wir uns vorstellen, wie es gewesen war, bevor wir nach Whitegates kamen. Wir saßen zusammen im Gemeinschaftsraum, und Maureen erzählte uns, was man über uns wusste: Wer unsere Mütter waren, wer unsere Väter, warum sie nicht bei uns waren. Über einige von uns war nur wenig bekannt. Wir sollten erzählen, woran wir uns erinnerten. Ihre Kollegen, Fett-Kev und Spargel-Stu, marschierten hinter uns auf und ab und versuchten, die Worte aus uns herauszukitzeln. Die Dinge, die nicht bekannt waren oder an die wir uns nicht erinnerten, sollten wir uns ausdenken. Maureen meinte, es sei wichtig, dass jeder von uns seine Lebensgeschichte erzählen konnte, auch wenn es eine Mischung aus Tatsachen, Erinnerungen und Phantasie war. Jeder von uns hatte ein *Lebensbuch* mit Fotografien, Zeichnungen, Daten und Geschichten. Einige Kinder waren sehr gut bei diesem Spiel. Sie dachten sich jedes Mal etwas Neues aus. Ihre Lebensbücher waren mit allen möglichen Geschichten und allen möglichen Lebensentwürfen gefüllt. Andere Kinder blieben stumm und wollten nicht mitspielen. Ihre Bücher waren fast völlig leer.

January war einer von denen, die keine Lust zum Spielen hatten. Aber einmal erzählte er die Geschichte einer verzweifelten Frau in einer stürmischen Winternacht. Sie war sehr jung, sehr schön und sehr verzweifelt. Sie hatte ein winziges, in Decken gewickeltes Baby in einem orangefarbenen Pappkarton bei sich. Sie liebte ihren kleinen Sohn über alles, aber sie konnte nicht für ihn sorgen. Während sie sich dem Krankenhaus näherte, hielt sie sich immer im Schatten der Hauswände und Bäume. Sie wartete, bis die Nacht am schwärzesten war, und zitterte vor Kälte, vor Schmerz, vor Liebe. Dann hastete sie durch den Sturm und legte den Karton auf der breiten Treppe ab, ehe sie wieder in der Nacht verschwand.

»Das war wunderschön«, sagte Maureen.

Sie streckte die Hand aus und strich January über die Stirn.

»Und vielleicht ist es sogar wahr«, flüsterte sie.

January starrte sie an. Seine Augen funkelten.

»Sie hat mich geliebt«, sagte er. »Sie hat mich dorthin gebracht, weil sie mich liebte. Sie war jung und arm und verzweifelt. Sie wusste, dass sie nicht für mich sorgen konnte.«

»Ja«, sagte Maureen. »Ja. So könnte es gewesen sein.«

Sie lächelte uns alle an. Aber in ihren Augen war eine Müdigkeit, als ob sie das alles schon unzählige Male gehört hatte. Sie wollte, dass wir uns bei January bedankten, weil er uns diese Geschichte anvertraut hatte. Dann fragte sie ihn, ob er sich auch seinen Vater ausgemalt hätte. Er senkte den Blick. Dann schüttelte er den Kopf.

»Nein«, sagte er.

»Das wäre vielleicht gut für dich«, sagte sie.

Sie schaute uns an, als wollte sie, dass wir January bei seiner Aufgabe unterstützten. Keiner von uns sagte ein Wort.

»Nein«, erwiderte January schließlich. »Er hat sie nicht geliebt. Er hat mich nicht geliebt. Mehr gibt es dazu nicht zu sagen.«

Er warf ihr einen finsteren Blick zu. Sie lächelte sanft. Sie nickte.

»Und eines Tages kommt sie mich holen«, flüsterte er.

»Wie bitte, mein Lieber?«

Er starrte sie an.

»Ganz bestimmt. Sie kommt mich holen.«

Fett-Kev schnaubte und verdrehte die Augen.

»Und ob sie kommt!«, sagte January »Sie liebt mich immer noch und will mich bei sich haben. Eines Tages kommt sie und holt mich.«

Maureen nickte wieder. Sie lächelte. Aber ihre Augen sagten: versehrt, ohne Aussicht auf Genesung.

Mouse Gullane ist ein sanfter und scheuer Junge. Er möchte es jedem recht machen, und deshalb versuchte er immer, das Spiel mitzuspielen. Seine Mutter war kurz nach seiner Geburt gestorben. Er hatte einige Jahre bei seinem Vater gelebt. Er zeigte oft das Foto seines Vaters herum, wo er mit vielen anderen Männern in Arbeitsoveralls am Flussufer Fußball spielt. Manchmal deutete er auf den einen und behauptete, das sei sein Vater, manchmal auf einen anderen. Die Männer auf dem Bild waren so winzig, dass er sich nicht sicher war. Er sagte, sein Vater sei weggegangen, weil er sich nicht um ihn kümmern konnte.

»Er hat mich geliebt«, sagte er. »Muss er doch.«

Er zeigte dann die blauen Worte, die sein Vater auf den Arm seines Sohnes tätowiert hatte, bevor er ihn verließ.

Bitte kümmer dich um mich.

»Seht ihr?«, sagte er. »Er hat sich um mich gekümmert, obwohl er weggegangen ist.«

Und dann weinte Mouse. Und weinte und weinte.

Was mich betrifft, ich musste nicht spielen. Maureen behauptete, ich sei stur, und wenn ich mich nicht ändern würde, würde mein Herz hart und verbittert werden. Einmal, als ich mich weigerte, meine Erinnerungen mit ihr zu teilen, blickte sie mich böse an, ihr Lächeln verschwand und ihre Stimme wurde scharf. Sie meinte, wenn ich mich nicht ändern würde, würde ich so enden wie meine Mum. Und das wollte ich doch nicht, oder?

»Doch!«, schrie ich sie an. »Doch! Doch!«

Ich schrie, dass sie keine Ahnung von meiner Mum hätte, keine Ahnung davon, wie stark und zärtlich sie gewesen war. Ich rannte aus dem Zimmer, raus aus dem Haus, hinter mir am Tor hörte ich Maureen meinen Namen rufen, aber ich achtete nicht auf sie. Ich rannte zum Fluss, setzte mich zwischen die Ruinen der Vergangenheit und schaute zu, wie das Wasser zum Meer floss. Ich brannte vor Glück. Trotz allem. Ja doch, ich weiß Bescheid über Dunkelheit und über Schmerz. Manchmal begebe ich mich so weit in diese Dunkelheit hinein, dass ich Angst habe, ich komme nicht mehr heraus. Aber ich finde immer meinen Weg, und dann habe ich wieder dieses Glücksgefühl. Ich muss mir mein Leben nicht vorstellen oder einbilden. Ich brauche keine dämlichen Stuhlkreise. Ich brauche kein blödes Lebensbuch. Mein Kopf steckt voller Erinnerungen, immer, Tag und Nacht. Ich sehe meine Mum und mich in dem kleinen Haus in St. Gabriel. Ich spüre ihre Berührung auf meiner Haut. Ich spüre ihren Atem auf meinem Gesicht. Ich rieche ihr Parfüm. Ich höre, wie sie mir ins Ohr flüstert. Ich habe meinen kleinen Schatzkarton, und wann immer ich will, kann ich meine wunderbare Mum zu mir zurückholen.

2

Es ist ganz leicht, aus Whitegates wegzulaufen. Die meisten von uns haben es schon mal gemacht. Die Erwachsenen sagen uns immer, dass wir nicht im Gefängnis sind, dass uns niemand einsperrt. Also kann man einfach den Rucksack schnappen und durch das Tor spazieren. Man muss nur behaupten, man würde irgendwo ein Picknick machen oder so etwas in der Art. Meistens sind wir nur ein paar Stunden in Freiheit, ehe der Hunger oder eine verregnete Nacht uns wieder zurücktreiben. Manchmal hält es jemand auch eine Woche aus, ehe die Polizei ihn wiederbringt und er halbverhungert mit dunklen Schatten unter den Augen, aber einem breiten Grinsen im Gesicht nach drinnen wankt.

Ich bin immer zusammen mit January Carr abgehauen. Einmal hatten wir die Nacht auf dem gegenüberliegenden Flussufer in Norton verbracht. Wir hatten in Pappkisten hinter einem Restaurant unser Lager aufgeschlagen und kalte Pizza gegessen, die wir dort aus einem Müllsack gefischt hatten. Ein anderes Mal waren wir am Fluss entlang in Richtung Moor gegangen und hatten unter einem funkelnden Sternenhimmel auf Heidekraut geschlafen. Wir sahen Sternschnuppen und redeten darüber, dass das Universum nirgendwo anfing und nirgendwo aufhörte. Wir überlegten, wie es wohl wäre, jahrein, jahraus wie zwei Vagabunden herumzuwandern und frei wie die Vögel zu sein. Wir würden einen Bogen um die Städte machen, aus

Flüssen trinken und uns von Kaninchen und Beeren ernähren. Warum auch nicht?, flüsterten wir einander zu. Warum auch nicht? Als wir am nächsten Morgen aufwachten, leckte uns ein Polizeihund über die Gesichter, und ein Beamter stand mit in die Hüften gestemmten Händen da und schüttelte den Kopf.

»Na kommt schon«, sagte er, »kommt schon, ihr Knalltüten.«

Es gibt unterschiedliche Möglichkeiten, um abzuhauen. Normalerweise geht man einfach zu Fuß. Man kann auch per Anhalter fahren oder mit Bussen und Zügen. Oder man kann ein Auto knacken und so lange fahren, bis der Tank leer ist. January hatte eine ganz neue Idee. Noch nie hatte jemand versucht, auf einem Floß abzuhauen. So was fiel auch nur January ein.

Eines Morgens kam er in mein Zimmer und lehnte sich grinsend an den Türrahmen.

»Ein Floß?«, fragte ich.

»Ja, ein Floß. Wir segeln auf dem Fluss davon und lassen alles hinter uns.«

Ich lachte. Ich dachte an den dunklen, tiefen Fluss, an die kräftige Strömung, an die Gefahr.

»Du hast sie ja nicht mehr alle«, sagte ich.

Er hatte seine Augen weit aufgerissen und war ganz aufgeregt.

»Ist total gut geworden«, sagte er. »Ich habe drei Türen aus einem alten Lagerhaus geklaut und sie auf Planken genagelt.« Er kicherte. »Ich hab das Ding sogar lackiert.«

»Du hast sie nicht mehr alle«, sagte ich noch einmal. »Das Teil wird sinken. Wir werden ertrinken.«

»Ertrinken? Wo bleibt deine Abenteuerlust.«

Ich seufzte. Ich fühlte bereits den Fluss unter mir dahinströmen und mich mitreißen.

»Stell dir nur mal vor«, flüsterte er. »Nur du und ich und das Floß und der Fluss. Freiheit, Erin. Freiheit.«

Ich stellte es mir vor. Wir im Mondschein, die Lichter der Stadt am Ufer, das Wasser, das durch meine Finger floss.

»Wow«, flüsterte ich. »Wow!«

»Ja«, sagte er. »Krass, oder?«

Dann hörten wir Maureen von unten hochrufen.

»January! January Carr! Bist du das in Erins Zimmer?«

Leise stand er auf.

»Nur du und ich, Erin. Wir beide mit dem Floß in die Freiheit. Wäre doch toll!«

Er zwinkerte mir zu und huschte auf Zehenspitzen aus dem Zimmer.

Noch Wochen danach spürte ich den Fluss unter mir dahingleiten. Ich stellte mir das schaukelnde Floß vor und träumte von unserer Reise. Ja, ich würde mitkommen.

3

An dem Freitag, an dem wir aufbrachen, hatten wir wieder Stuhlkreis. Maureen trug das grüne Seidenkleid und die weißen Schuhe, und sie hatte eine Hand an ihre Wange gelegt und schaute uns liebevoll an. Fett-Kev und Spargel-Stu patrouillierten hinter uns auf und ab. Jan grinste, sobald er meinen Blick einfing.

Maureen brabbelte den üblichen Müll: dass wir hier sicher waren, dass wir füreinander da waren, dass wir alles sagen konnten, was wir wollten, es würde unter uns bleiben.

»Wir wollen, dass ihr vor nichts Angst habt«, sagte sie. »Wir wollen, dass eure Wunden heilen und eure Sorgen verfliegen.«

Wir mussten uns wieder Dinge vorstellen, zum Beispiel, dass wir uns an einem warmen, dunklen Ort befänden und ganz entspannt und ruhig in warmem, dunklem Wasser treiben würden. Es gab keine Zukunft, keine Vergangenheit, keine Probleme. Aber das Wasser, das ich mir vorstellte, war eiskalt, und es gab eine starke Strömung. Mondlicht schimmerte auf der Oberfläche, und das Floß kreiselte und schaukelte auf den Wellen. Freiheit. Freiheit. Ich schlug die Augen auf, grinste Jan an und sah auch in seinen Augen den Fluss und das Mondlicht glänzen. Dann meinte Maureen, wir sollten mit unseren Gedanken in den Stuhlkreis zurückkehren. Und sofort erzählte sie wieder von irgendwelchen Problemen, von versehrten Kindern, von

Traurigkeit und Unglück. Ich schaute mich um, schaute in die Gesichter der anderen. Ich schaute Maxie Ross an, der an seinen Nägeln kaute und verzweifelt hoffte, sie würde ihn übersehen. Ich schaute Fingers Wyatt an, schaute in ihre wunderschönen grünen Augen, auf die Narben und die verbrannte Haut an ihrem Hals. Ich schaute Wilson Cairns an, der so dick war, dass seine Hüften über den Stuhl quollen, und der ganz still dasaß und mit leerem Blick die Wand anstarrte. Wilson. Er war einer der wenigen, der nie weglief. Er war so dick, dass er kaum gehen konnte, geschweige denn rennen. Als er hierhergekommen war, hatte er einen winzig kleinen Koffer dabei, einen Beutel mit Ton und ein paar Modellierwerkzeuge. Seine Eltern hatten ihn angeblich fast umgebracht. Whitegates war für ihn ein sicherer Ort, ein Ort, wo er träumen konnte, wo er mit Ton arbeiten und sich seine eigene, faszinierende Welt erschaffen konnte. Maureen hatte es schon lange aufgegeben, ihn während der Stuhlkreise zum Reden zu bringen. Seine Brillengläser waren so dick wie Flaschenböden, wodurch seine Augen riesig aussahen. Er redete kaum, auch nicht mit uns. Aber nicht aus Schüchternheit oder Angst. Hinter diesen Brillengläsern und unter all seinem Fett war Wilsons Phantasie grenzenlos, und mit seinen dicken Fingern vollbrachte er wahre Wunder. Wenn er überhaupt etwas sagte, dann nur, um uns seine seltsamen Abenteuer begreiflich zu machen, damit wir ihre Magie verstanden. Ich schaute den scheuen Mouse an und January, der mit lang ausgestreckten Beinen auf seinem Stuhl lümmelte, Kaugummi kaute und seufzte, als würde ihn alles unsagbar langweilen. Ich schaute sie an und dachte an die großartigen Momente, die wir zusammen hatten: wenn wir uns nachts in irgendeinem Zimmer trafen und uns flüsternd unterhielten, geklaute Süßigkeiten futterten, geklaute Zigaretten rauchten und geklauten Sherry tranken; wenn wir unten am Fluss in den alten Lagerhäusern herumtobten, wenn wir in der Abenddämmerung in dem Betongarten zusammensaßen und uns leise unsere wahren Geheimnisse erzählten und unsere wahren Träume offenbarten. Wir waren so anders, wenn wir hier im Stuhlkreis zusammensaßen. Es war, als ob Maureen nichts über uns wusste. Überhaupt nichts.

»Du wirkst aufgewühlt heute, Sean«, sagte sie.

Sean war Mouse' richtiger Name. Er zuckte zusammen wie eine aufgeschreckte Katze. Er errötete, und dann traten Tränen in seine Augen.

»Was bedrückt dich? Möchtest du dich uns anvertrauen?«

»N ... nichts«, sagte er. »Es ist n ... n ... nichts.«

Sie beugte sich vor und lächelte.

»Sean. Wir wissen über deine Probleme Bescheid. Komm schon, sag Maureen und deinen Freunden, was los ist. Geht es wieder um deinen Dad?«

Der arme Mouse. So eine unschuldige Seele. Ich bläute ihm ständig ein: Sag ihr nichts. Erfinde irgendwas. Egal was. Erzähl einen Haufen Lügen, Mouse. Aber er fiel jedes Mal wieder darauf herein. Während Maureen mitleidig gurrte und seine Lebensgeschichte zum Besten gab und Fett-Kev hinter ihm stand und sich den fetten Bauch kratzte, zeigte er zitternd und schluchzend die tätowierten Worte auf seinem Arm.

»Lassen Sie ihn in Ruhe«, sagte ich.

»Wie bitte?«, fragte Maureen.

»Sie hat gesagt, Sie sollen ihn in Ruhe lassen«, wiederholte Spargel-Stu hinter mir.

Maureen legte den Kopf schräg und schnalzte leise mit der Zunge. Sie lächelte mich gezwungen an.

»Du bist heute wütend, nicht wahr, Erin?«, sagte sie.

»Nein, bin ich nicht. Lassen Sie ihn einfach in Ruhe.«

Ich schaute durch das breite Fenster hinaus aufs Grundstück. Das Sonnenlicht ergoss sich auf die Erde. Durch die Lücken zwischen den roten Backsteingebäuden und den Wohnblocks sah ich den Fluss funkeln. Ich fühlte das lackierte Floß unter meinen Händen. Ich schmeckte das saure Flusswasser auf meiner Zunge. Maureen ließ mich nicht aus den Augen.

»Du wirkst so abwesend, Erin«, sagte sie. »Erzähl uns, wo du gerade bist.«

»Nirgends.«

Sie schnalzte mit der Zunge.

»Ich wünschte wirklich, du würdest mitarbeiten.«

»Tatsächlich?«

»Wir alle versuchen nur, dir zu helfen.«

Ich zuckte mit den Schultern. Ich roch das Meer in der kühlen Windböe. Ich schloss die Augen. Freiheit. Freiheit.

»Du musst begreifen«, hörte ich sie sagen, »dass Kinder wie ihr …«

»Was soll das heißen?«, fragte ich. »Kinder wie wir?«

Ich öffnete die Augen. Sie schaute mich traurig an. Sie seufzte.

»Du weißt, was ich meine, Erin. Kinder, die ein problematisches Leben haben. Kinder ohne die Vorteile und Vergünstigungen, die für andere eine Selbstverständlichkeit sind. Kinder, die immer darum kämpfen müssen, ihren Platz zu behaupten. Kinder, die ohne eigenes Verschulden …«

Sie tupfte mit einem Taschentuch ihre Lippen ab.

»Ich sage das nicht gerne«, murmelte sie. »Aber ihr seid Kinder, die es immer schwer haben werden im Leben.«

Es fühlte sich so an, als schaukele mein Körper auf dem Floß auf und ab. Ich starrte in die Gesichter ringsum.

»Schauen Sie uns an«, sagte ich. »Mit uns ist alles in Ordnung. Wir können alles machen, was wir wollen. Alles.«

Maureen lächelte. Man sah genau, was sie dachte: Versehrtes Kind, wilder Charakter, denkt, sie kann machen, was sie will, wird aber niemals einen Fuß in die Tür bekommen. Niemals. Genau wie ihre gescheiterte Mutter.

»Wir haben ausschließlich euer Glück im Sinn«, sagte sie.

Ich fühlte die Gischt der Wellen auf meinem Gesicht.

»Aber ich *bin* glücklich«, murmelte ich.

»Wie bitte?«

»Sie sagt, sie ist glücklich«, sagte Spargel-Stu.

Maureen schürzte die Lippen. Verstimmt blickte sie mich an. Ich sah die Empörung in ihren Augen: Wie kannst du glücklich sein? Wie kannst du so etwas nur behaupten?

Dann wedelte sie ärgerlich mit der Hand.

»Die Sitzung ist vorbei«, sagte sie. »Wir versuchen es morgen noch einmal, vielleicht sind wir dann alle ein wenig besser gelaunt.«

Die anderen verließen den Gemeinschaftsraum. Als ich auch gehen wollte, nahm mich Maureen am Arm.

»Erin«, sagte sie.

»Was?«

»Warum bist du immer so ablehnend? Was ist los mit dir?«

Ich schnaubte.

»Sie meinen wohl, was ist los mit *Ihnen*?«

Sie verzog den Mund.

»Du kommst mir manchmal so hart vor«, sagte sie. »Ich weiß gar nicht, wie ich mit dir reden soll.«

»Hart?«

»Du bereitest uns oft großen Kummer.«

»Kummer?«

Sie beobachtete mich. In ihren Augen standen Tränen.

»Jawohl, Kummer. Und dabei bist du so ein starkes, kluges Mädchen. Ich dachte immer, dass du von allen Kindern diejenige wärst, die …«

»Diejenige, die was?«

Sie schüttelte den Kopf und senkte den Blick.

»Diejenige, die mir helfen könnte, vermutlich. Diejenige, die mir helfen könnte, den anderen zu helfen …«

Es war hoffnungslos. Seit ich nach Whitegates gekommen war, stand etwas zwischen uns, etwas, das uns beide wütend machte. Ich wandte mich von ihr ab.

»Ich dachte immer …«, flüsterte sie.

»Was?«

»Wenn ich eine Tochter hätte …«

Ich wartete.

»Was?«, fragte ich.

»Wenn ich eine Tochter hätte …, dann wäre sie wie du, Erin.«

Ich drehte mich um und funkelte sie an.

»Darum geht's also!«, sagte ich. »Wenn Sie eine Tochter hätten, dann hätten Sie besser auf sie aufgepasst als meine

Mum, ja? Wenn Sie eine Tochter hätten, dann wäre sie nicht in Whitegates gelandet! Wenn Sie eine Tochter hätten, dann hätten Sie nicht einfach aufgegeben und wären gestorben, wie meine Mum! Sagen Sie es doch! Los, sagen Sie es! Sie wären besser gewesen als meine Mum!«

Ich rannte zur Tür hinaus. January fand ich im Billardzimmer.

»Heute Nachmittag«, flüsterte ich.

Er grinste wie verrückt.

»Heute Nachmittag.«

4

Ich ging nach oben und fing an zu packen. Ich holte den kleinen Rucksack unter meinem Bett hervor und stopfte ein paar Klamotten und Lebensmittel hinein, die ich für diese Gelegenheit aufgehoben hatte: ein paar Dosen Cola, Chips und eine Packung Kekse. Ich nahm auch das Messer und die Taschenlampe mit, die ich bei unserem letzten »Ausflug« gekauft hatte. Außerdem noch Seife, Shampoo und ein kleines Handtuch. Ich zählte mein Geld: drei Pfund siebenundzwanzig. Dann griff ich hinten in die Schublade und holte meinen Schatzkarton heraus.

Ich löste das Band, mit dem er zugebunden war, und hob den Deckel ab. Ich holte Mums Haarlocke heraus, ihren Papageienohrring, das zerknitterte Foto von uns in dem Garten des kleinen Hauses, das Foto aus dem Krankenhaus, das zeigt, wie ich in ihr wachse, ihren Lippenstift, ihren Nagellack, ihre letzte Flasche Parfüm, und legte diese Dinge auf mein Kissen. Ich trug einen Hauch ihres Sunset-Lippenstiftes auf, tupfte den Nagellack – Black Tulip – auf meinen kleinen Fingernagel, legte meinen Zeigefinger auf die Öffnung der Parfümflasche, drehte sie um, bis ein Tropfen meine Fingerspitze benetzte, und drückte den Tropfen an meinen Hals. Es dämmerte, und ich legte mich auf mein Bett. Eine sanfte Brise wehte durch das offene Fenster. Ich schloss die Augen.

»Mum«, flüsterte ich. »Mum.«

Nichts.

Ich atmete tief ein, nahm ihren Geruch in mir auf.

»Mum!«

Ich dachte an das kleine Haus, in dem wir so glücklich gewesen waren. Ich dachte an ihr Lachen, wie wir miteinander gespielt hatten. Ich erinnerte mich, wie wild sie immer geschaut hatte, wenn sie sich der Welt entgegenstemmen musste, und wie zärtlich, wenn sie mich anblickte. Sie hatte so viel Leid und Schmerz erfahren, aber sie sagte immer, es spiele keine Rolle, was gewesen war und was sein würde. Unsere Zeit in St. Gabriel würde immer ihr Paradies sein.

»Mum«, flüsterte ich. »Mum! Mum!«

Ich dachte an all ihre Geschichten. An die Geschichte, wie sie meinen Vater kennengelernt hatte. Sie war nur ein paar Jahre älter gewesen als ich jetzt. Er war irgendein Kerl von einem ausländischen Fischkutter, der eines Nachts den Fluss heraufgekommen war, um vor dem Sturm Schutz zu suchen. Er umgarnte sie mit seinen abenteuerlichen Geschichten und verzauberte sie mit seinen Lügen über die Liebe. Sie verbrachten in einer billigen Pension am Hafen die Nacht zusammen. Als sie am nächsten Morgen aufwachte, war er fort. Sie schaute aus dem Fenster und sah, wie sein Schiff fröhlich auf den Wellen schaukelte und in Richtung Meer verschwand. Und als sie dort am Fenster stand, fühlte sie in sich bereits das neue Wesen – mich – und wie ich wie eine Flamme vor Leben zitterte und brannte.

»Mum«, flüsterte ich. »Mum!«

Ich atmete tief ein. Ich schlug die Augen auf. Ich schaute das Foto an, das sie im Krankenhaus gemacht hatten, von mir in ihr drin. Da war ich, ein winziges Ding. Ich schwamm und schwebte in ihr, wedelte mit den Armen und trat mit den Beinen. Da war die Schnur, die mich mit ihr verband. Ihre Nahrung war meine Nahrung, ihr Blut war mein Blut. Ich erinnerte mich an die Geschichten, die sie mir erzählt hatte: wie sie sich auf mich vorbereitete, wie sie meine Wiege von der Heilsarmee kaufte, wie sie Bilder von Engeln und Feen an die Wände des Schlafzimmers klebte, das wir uns teilten, wie ihre Aufregung wuchs, je größer ich in ihr wurde, je näher ihr Paradies kam. Sie hat ihren Bauch immer ganz sanft festgehalten und sie hat mir meinen Namen zugeflüstert: Erin, Erin. Sie hat mir Lieder vorgesungen und mir gesagt, wie wunderbar alles werden würde, wenn ich geboren war und wir gemeinsam in der Welt waren.

»Mum«, flüsterte ich. »Mum.«

Ich sah ihre strahlend grünen Augen vor mir, ihre roten Haare, die wie Flammen ihr hübsches Gesicht umrahmten. Ich sah die Papageienohrringe baumeln, sah die knallroten Lippen, die glänzenden, dunklen Fingernägel. Ich dachte an ihre Berührungen, ihre Stimme. Ich erinnerte mich an die Tage in St. Gabriel, als wir Mutter und Tochter waren und gleichzeitig beste Freundinnen. Wir waren so glücklich. Wir brauchten niemanden außer uns. Aber manchmal redeten wir darüber, was geschehen würde, wenn sie einen guten Mann kennenlernen würde. Wir redeten über andere Kinder, die dann vielleicht kommen würden, über meine Geschwister. Würde dir das gefallen?, fragte sie mich. Und ich sagte: ja, oh ja. Und in meinen Träumen sah ich sie, diese Brüder und Schwestern, so zart und so schön und so voller Freude.

»Mum. Mum.«

Ich weiß noch, als sie im Krankenhaus lag. Ich war zehn. Erst zehn. Sie gaben ihr immer höhere Dosen Morphium, um die Schmerzen zu lindern. Ständig glitt sie zwischen Traum und Wirklichkeit hin und her. Ich weiß noch, wie sie sich aus dem Bett zu mir beugte und mein Gesicht in ihre Hände nahm. Sie flüsterte, dass sie nichts dafür könne. Sie fühlte sich, als ob sie auf dem Wasser davongetragen würde. Sie sagte mir, ich solle nicht weinen. Sie sei immer bei mir. Immer. Ich hielt ihre Hand, und sie wurde kälter. Kälter und kälter.

»Mum. Mum!«

Und dann, endlich, kam sie, und flüsterte mir zu: »Erin. Erin.«

Ich fühlte ihre Hand auf meiner Schulter, ihren Atem an meiner Wange. Ich hörte das Lächeln in ihrer Stimme, spürte ihren Arm um mich. Sie hielt mich wie früher, als ich noch klein war. Ich lehnte mich an sie.

»Ich liebe dich«, flüsterte ich.

»Das weiß ich. Und ich liebe dich, Erin. Ich werde dich immer lieben. Immer.«

»Ich werde mit January auf seinem Floß wegfahren.«

Sie kicherte.

»Ich weiß.«

»Und wirst du bei mir sein?«

»Ich bin immer bei dir, Erin.«

Lange Zeit lagen wir so da. Ich war nicht mehr in Whitegates. Wir waren zusammen in unserem kleinen Garten vor unserem kleinen Haus am Rande von St. Gabriel. Der Garten war voller bunter Blumen und dicker Stachelbeeren. Über dem Fluss, der unterhalb von unserem Haus floss, kreisten kreischend die Möwen.

Mum drückte mir kleine Pfefferminzbonbons in die Hand. Leise sang sie mir ins Ohr:

Bobby Shaftoe fährt aufs Meer,
mit Stolz im Blick, die Taschen leer.
Ich bleibe an Land, das Herz wird mir schwer,
weil er heimkehrt nimmermehr.

Dann küsste sie meine Stirn, und wir waren wieder in Whitegates, in meinem kleinen Zimmer. Wir lagen da, und ich wusste, dass sie mich bald verlassen würde. Ich träumte von dem Floß, vom Fluss, vom Dahintreiben. Würde ich jemals heimkehren?

Als der Vogel hereinkam, mussten wir lächeln. Er landete auf dem Rahmen des offenen Fensters, nickte kurz mit dem Kopf, schaute uns an und kam ins Zimmer geflogen. Es war ein kleiner dunkler Vogel mit flinken Flügeln, ein neugieriger Spatz auf dem Weg zu seinem Nest. Er flatterte über unsere Köpfe und zog ein paar Kreise durch das Zimmer.

»Ein Vogel!«, sagte ich. »Schau nur! Ein Vogel!«

Wir lachten.

Dann flog er wieder zum Fenster, hockte sich auf den Rahmen, schaute kurz zu uns und erhob sich in die Lüfte.

Ich setzte mich auf und verfolgte seinen Flug.

Wieder lachten wir.

»Komische Sache«, sagte ich.

»Der Vogel des Lebens«, sagte sie.

»Der Vogel des Lebens?«

»Aus dem Dunkeln kommen wir in dieses Leben. Wir haben keine Ahnung, woher wir kommen. Wir haben keine

Ahnung, wohin wir gehen. Aber während wir in dieser Welt sind, schlagen wir mit unseren Flügeln und fliegen. Wenn wir den Mut dazu haben.«

Ich dachte darüber nach.

»Verstehst du?«, fragte sie.

»Ich glaube schon.«

Sie lächelte und flüsterte meinen Namen, wieder und wieder.

»Meinst du, er kommt zurück?«, fragte ich.

»Wer weiß? Vielleicht kommt er immer wieder, jetzt, wo er diesen Ort gefunden hat.«

Wir hörten die Kinder im Haus.

»Mach schon, Erin. Geh nach unten. January wartet bestimmt schon.«

»Kommst du mit?«

»Ich komme mit. Jetzt geh. Bleib nicht hier bei mir im Schatten. Schlage mit den Flügeln. Flieg davon.«

Dann war sie fort, und da war nur noch der Fernsehapparat ein Stockwerk unter mir, und im Stockwerk über mir schluchzte jemand. Vorsichtig legte ich meine Schätze wieder in den Karton, knotete das Band darum, schob den Karton in den Rucksack, holte tief Atem und ging nach unten zu January.

5

Als ich January sah, bekam ich einen Lachanfall. Er trug seine Ausreißklamotten: schwarze Jeans und eine schwarze Fleecejacke, schwarze Sneaker mit einem roten Blitz auf der Außenseite und eine schwarze Strickmütze. Er wartete im Billardzimmer und spielte eine Runde mit Hairy Smart. Sein Rucksack lehnte an der Wand. Er zwinkerte, versenkte die letzte Kugel und sagte Hairy, dass er nicht mehr weiterspielen könne. Alle wussten, was los war. Hairy grinste und zwinkerte ebenfalls. Sie schob ihre Hand um meine Taille.

»Du kommst doch wieder«, flüsterte sie, »oder?«

Wir umarmten uns schnell.

»Klar kommen wir wieder«, sagte ich. »Die lassen uns sowieso nicht lange weg, dann holen sie uns und bringen uns zurück.«

Ich grinste, obwohl ich ins Nachdenken geriet. Wie wollten sie uns auf dem Grund des Flusses finden? Oder auf dem Grund des Meeres?

Wilson Cairns saß mit dem Gesicht zur Wand an einem kleinen Tisch und modellierte seinen Ton. Er war besessen davon. Er machte das jeden Tag. Maureen meinte, es würde ihm helfen; auf diese Weise könne er einen Teil seiner verlorenen Kindheit neu erschaffen. Er hatte einen großen Klumpen dieses klebrigen Zeugs und eine Schüssel mit Wasser. Seine Hände und die Tischplatte waren dreckig. Er hatte eine kleine Gruppe schlammiger Figuren geformt. Eine davon hielt er dicht vor seine Augen und hauchte sie an. Dann ließ er sie über die Tischplatte marschieren. Ich berührte ihn an der Schulter und sagte ihm, wir würden uns bald wiedersehen.

»Es ist möglich«, sagte er.

Er bewegte sich nicht, ließ nur die kleine Figur über den Tisch tapsen.

»Was hast du gesagt?«

Er drehte den Kopf, die Tonfigur in der Hand. Ohne zu blinzeln, starrte er durch seine dicken Brillengläser.

»Es ist möglich«, flüsterte er.

Er ließ die Figur los, und sie stand einfach nur da.

Er starrte sie an.

»Hast du gesehen, wie sie sich bewegt?«, flüsterte er.

Ich starrte ebenfalls.

»Nein.«

Er schaute zu mir hoch, als ob er geradewegs durch mich hindurch auf etwas ganz Erstaunliches blicken würde, was sich hinter mir abspielte.

»Du musst genau hinschauen, ganz genau. Sonst verpasst du es.«

»Mach ich«, sagte ich. »Ich schaue hin.«

Ich wollte mich von ihm abwenden.

»Ich hab dir zugehört«, sagte er.

»Hä?«

»Dir zugehört. Du hast gesagt, wir können alles machen, was wir wollen.«

»Ja.«

»Ich weiß. Ich weiß das auch. Wir können alles machen.«

Seine Augen veränderten sich. Sie fixierten mich. Es geschah sehr selten, dass er einen von uns direkt anblickte, dass er so klar und deutlich mit einem von uns sprach. Seine Finger glitten über die kleine Tonfigur.

»Alles«, sagte er. »Sogar ich. Ich, wie ich hier sitze und die Wand anschaue und mit Ton und Wasser spiele. Ich kann alles machen.«

Ich berührte wieder seine Schulter.

»Ja. Ich weiß.«

»Sogar ich. Sogar ich, Wilson Cairns. Der dicke, fette, hässliche Wilson Cairns.«

Ich lächelte.

»Du bist wundervoll, Wilson«, sagte ich.

»Du kommst zurück«, sagte er.

»Ja.«

»Ich warte auf dich, Erin Law. Ich denke an dich.«

Er hielt den Atem an.

»Hast du es gesehen?«, zischte er.

»Was?«

Er hob die Figur hoch und hauchte sie an.

Hatte ich wirklich gesehen, wie sie sich bewegte? Hatte ich gesehen, wie sie einen Arm ausstreckte, als sei sie lebendig? Hatte ich gesehen, wie sich die Figur nach vorne beugte, als wolle sie von Wilson weggehen? Oder lag das nur am Licht oder Wilsons zitternder Hand? Wollte ich es vielleicht bloß sehen?

»Ich bin mir nicht sicher.«

Er warf mir einen Blick durch seine dicken, gewölbten Brillengläser zu.

»Du wirst es sehen«, sagte er. »Ich werde auf dich warten. Weggehen ist leicht. Das Magische ist das Wiederkommen.«

Ich berührte seinen Kopf. Dann bückte ich mich und lächelte ihn an.

»Bis bald, wundervoller Wilson Cairns.«

»Schau hin«, flüsterte er.

»Werde ich. Ich werde hinschauen.«

»Gut. Und dann komm wieder und schau weiter.«

Ich wandte mich von ihm ab und ging zu January. Fett-Kev versperrte die Tür.

»Ich hoffe, ihr beiden habt keine Dummheiten vor«, sagte er.

»Wir doch nicht«, sagte ich.

»Wir doch nicht«, sagte Jan.

Fett-Kev wischte sich mit der Faust über die Nase und schüttelte den Kopf. Er zuckte mit den Schultern. Ihm war es egal, was wir taten, solange er nicht hinter uns hermusste und solange er gut bezahlt wurde und seine freien Mahlzeiten bekam. Ich betrachtete ihn und kicherte bei dem Gedanken daran, wie sein Bauch immer gegen den Tisch gequetscht wurde und wie er schnaufte, während er das Essen in sich hineinschaufelte. Er starrte mich mit seinen Schweinsaugen an.

»Junge Dame«, sagte er, und jetzt musste ich daran denken, wie er sich den ängstlichen Kindern gegenüber benahm. Er schob sein Gesicht immer ganz nah an sie heran und sagte, er wisse schon, wie er mit ihnen umspringen müsse, wenn sie sich nicht benähmen.

»Schwein«, flüsterte ich.

»Was hast du gesagt?«

»Nichts.«

Er wandte sich ab und murmelte irgendeine Beschimpfung. Dann verschwand er wieder im Flur.

»Schwein«, flüsterte ich. »Schwein, Schwein, Schwein.«

Ich küsste Maxie Ross und ging, gefolgt von Jan, hinaus. Spargel-Stu lehnte an der Hauswand und versteckte seine Zigarette in der hohlen Hand. Sein Hemd stand offen, und sein hagerer Brustkorb glänzte in der späten Nachmittagssonne. Er strich sich das fettige Haar nach hinten.

»Ach, hallo?«, sagte er.

»Hallo«, sagte January. »Wir machen einen kleinen Ausflug.«

»Wir sind zum Abendessen wieder da, Stu«, sagte ich.

Stu schnickte die Asche von seiner Kippe. Er deutete zum Himmel.

»He, habt ihr das gesehen?«

»Was denn?«, fragte January.

Stu lachte ein trockenes, rasselndes Lachen.

»Das fliegende Schwein.«

Er zog an seiner Zigarette.

»Na dann, bis zum Abendessen«, sagte er.

Wir gingen durch das schmiedeeiserne Tor. Ich drehte mich um und blickte zurück. Ich wollte, dass Maureen uns nachschaute. Ich wollte, dass sie weinte, weil wir weggingen. Aber ich sah nur Wilson. Er schaute uns vom Billardzimmer aus nach, lehnte sich ganz dicht an die Fensterscheibe und starrte durch seine Brillengläser auf uns. Oder auf irgendetwas hinter uns. Die Sonne schien auf die Hausdächer. Wir kamen zu der Straße oberhalb des Flusses, wo ich mit meiner Mum gelebt hatte. Wir gingen an unserem Haus vorbei. Der Garten war ganz zugewuchert und die Haustür zerkratzt, vermutlich von einem Hund. Von drinnen dröhnte Musik. Ich wandte den Blick ab, und wir gingen schnell weiter. Auf der anderen Seite des Flusses toste die Stadt, die Brücken glänzten in der Sonne, der Fluss glitzerte. Wir betraten das Brachland am Rand von St. Gabriel, wo früher Lagerhäuser und eine Reihenhaussiedlung gestanden hatten, die abgerissen worden waren.

January ballte die Fäuste und reckte die Arme in die Luft. Ich trat gegen den Boden, Staubwolken umtanzten uns.

»Freiheit!«, schrien wir. »Freiheit!«

Wir fingen an zu rennen und sprangen und hüpften zum Fluss. Dann hörten wir die Stimme von Mouse Gullane.

»Erin! January! Was macht ihr da? Wo geht ihr hin?«

6

Er saß auf der Bordsteinkante und grub mit einem verbeulten Löffel im Dreck herum.

January fluchte.

»Ausgerechnet der«, sagte er. »Komm weiter. Achte gar nicht auf ihn.«

Mouse sprang auf.

»Erin! January!«

Er kam auf uns zugerannt. Seine Hände waren schmutzig vom Graben und sein Gesicht auch. Quiek balancierte auf seiner Schulter.

»Guck mal, was ich gefunden habe, Erin«, sagte Mouse.

Es war ein kleiner blauer Plastikdinosaurier.

»Und das«, sagte er.

Er zog ein winziges Spielzeugauto aus seiner Tasche. Ohne Räder und mit getrockneter Erde im Innenraum. Die Farbe war vollständig abgeblättert.

»Und Geld!« Er grinste und zeigte uns ein Fünf-Pence-Stück.

»Toll«, sagte ich. »Super gemacht, Mouse.«

Er buddelte ständig irgendwo herum und sammelte alles, was er fand. Sein ganzes Zimmer war voll von seinen Fundstücken, die er ordentlich gesäubert auf den Regalen und dem Boden ausbreitete. Er meinte, die Erde sei angefüllt mit Dingen aus der Vergangenheit, und eines Tages würde er in der kalten, dunklen Erde einen echten Schatz finden, etwas wirklich Kostbares.

January fluchte.

»Komm schon«, sagte er.

»Nehmt mich mit«, sagte Mouse. »Ich weiß, dass ihr weglauft.«

»Das geht nicht«, sagte ich.

»Bitte, Erin.«

»Es ist gefährlich. Wir fahren über den Fluss. Vielleicht ertrinken wir sogar.«

»Bitte, Erin.«

January zog an meinem Arm. Er fluchte schon wieder.

»Verpiss dich!«, zischte er Mouse an. »Komm schon, Erin.«

Wir drehten uns um und gingen weiter. Mouse blieb uns auf den Fersen. Wir kletterten über große Schutthaufen, mehr war von den Lagerhäusern und Fabriken nicht übrig geblieben. Wir stapften über Holzscheite und geschwärzte Erde, wo irgendwelche Kinder Lagerfeuer angezündet hatten. Der Boden war aufgerissen und voller Löcher. Krähen hopsten durch den Unrat. Eine Ratte huschte über unseren Weg. Es gab Stacheldraht und Schilder, die uns aufforderten, draußen zu bleiben. Wir kletterten über die Zäune und gingen weiter. »Hier lang«, sagte Jan ein ums andere Mal. »Hier lang. Hier lang.« Wir gingen schnell, marschierten mit schwingenden Armen. Schon bald hatten wir Mouse hinter uns gelassen. Wir hoben Backsteine und kleinere Betonbrocken auf, warfen sie hoch in die Luft und hörten, wie sie beim Herunterfallen zerplatzten. Die Sonne sank tiefer. Das Moor in der Ferne stand als dunkler Strich vor dem Himmel. Wir konnten jetzt den Fluss hören, der ungefähr noch hundert Meter weit weg war. Er platschte und gurgelte gegen die uralte Kaimauer. Er fing die Sonnenstrahlen ein, glänzte wie gehämmertes Metall und bewegte sich in langen, langsamen Schwüngen Richtung Meer.

»Der da«, sagte Jan schließlich.

Er kauerte sich neben einen Haufen zerbrochener Backsteine und zersplitterter Holzbalken und fing an, den Schutt wegzuräumen.

»Mach schon«, sagte er, und ich bückte mich und schaufelte mit.

»Da ist es«, flüsterte er.

Wir hatten die Ecke einer Tür freigelegt, den Rand des Floßes. January kicherte.

»Hallo, Schönheit«, sagte er.

Wir gruben weiter, trugen den Schutt Stück für Stück ab. Wir packten die Kante des Floßes und hoben es an, der Rest des Schutts rutschte herunter. Dann zerrten wir das Floß weiter und ließen es krachend auf die Erde fallen.

January lachte vor Glück. Mit bloßen Händen wischte er den Staub ab.

»Ist es nicht wunderschön, Erin?«

Das Floß bestand aus drei Türen, die flach auf Holzplanken genagelt waren. Auf den Türen stand in leicht abgeplatzten goldenen Buchstaben Folgendes:

EINGANG GEFAHR AUSGANG

Und quer über das Floß hatte January mit roter Farbe einen Fluch geschrieben:

Mögge jeder, der das Flohs hier klaut,
auf diregtem Weg in die HÖLLE fahrn!

»Ist es nicht wunderschön?«, fragte er noch einmal.

»Ja«, sagte ich und schaute hinter mich zu dem dunkler werdenden Wasser. »Ja, ist es.«

7

An einer Ecke des Floßes war ein langer Strick befestigt. Es gab auch zwei Paddel, die aus Fensterrahmen geschnitzt waren. Wir trugen die Paddel quer über unseren Schultern und zerrten das Floß über den unebenen Boden. Von irgendwo aus den Ruinen tauchten Kinder auf. Sie kletterten auf die Schutthaufen und beobachteten uns. Das Floß knarrte und knirschte, während wir es schleppten. Die Sonne ging allmählich unter. Mein Herz hämmerte. Wir erreichten den Kai und schauten hinunter in den brodelnden, dreckigen Fluss.

»Hölle und Granaten«, sagte ich.

January grinste.

»Nervös?«, fragte er.

»Nein. Ich mach mir vor Angst nur gleich in die Hosen.«

Er kicherte.

»Wir werfen es einfach rein, dann springen wir drauf. Und dann nix wie weg. Kinderleicht.«

»Was, wenn es sinkt?«

»Du kannst doch schwimmen, oder?«

»Ja.«

»Na bitte.«

»Hölle und Granaten, January.«

Seine Augen blitzten verschmitzt.

»Hölle und Granaten, Erin.«

Er lachte und trat gegen das Floß.

»Schau's dir an. Stabiler geht's nicht. Das Ding sinkt nie.«

Ich wusste nicht, ob ich das schaffte. Ich schaute dem Fluss nach, mit der Abenddämmerung stieg der Nebel auf.

»Wir könnten zu Fuß gehen«, sagte ich.

»Zu Fuß! Wo bleibt deine Abenteuerlust?«

Wir rückten dicht aneinander. Er starrte mir in die Augen.

»Was haben wir zu verlieren?«, fragte er mich.

Mein Leben, dachte ich.

»Nichts«, sagte ich.

»Und wir haben uns. Wir ziehen das gemeinsam durch.«

»Ja.«

»Na bitte.«

Ich holte ein paarmal tief Luft.

»Okay«, flüsterte ich.

Und dann stand Mouse neben uns.

»Nehmt mich mit«, sagte er.

»Geh heim«, sagte January.

Mouse zog seinen Ärmel hoch. Er zeigte uns seine Tätowierung.

Bitte kümmer dich um mich

»Bitte«, sagte er.

Ich schaute Jan an.

»Hölle und Granaten, Erin«, sagte er.

»Kannst du schwimmen?«, fragte ich.

Mouse schüttelte den Kopf.

»Bitte, Erin. Bitte.«

»Jan«, sagte ich. »Was meinst du?«

Er fluchte. Er spuckte aus.

»Hölle und Granaten«, zischte er.

Er packte Mouse am Kragen.

»Was hast du mitgebracht?«, fragte er.

»Mitgebracht?«

»Essen. Geld. Kleider. Ein Messer.«

Mouse zeigte ihm den Dinosaurier, das Spielzeugauto, das Fünf-Pence-Stück. Er holte das zerknitterte Foto von den Männern beim Fußballspielen aus seiner Gesäßtasche. Er hielt Quiek in seiner locker geschlossenen Faust.

»Quiek«, sagte Quiek. »Quiek, quiek!«

»Na toll«, sagte Jan. »Wenn es hart auf hart kommt, ist das bestimmt sehr hilfreich.«

Er schob Mouse weg.

»Geh heim«, sagte er. »Du kommst gerade noch rechtzeitig für eine von Kevs Gruselgeschichten.«

»Heim?«, wiederholte Mouse. »So was hab ich nicht. Ich bin wie ihr. Ich hab nichts. Ich kann nirgends hin. Bitte.«

»Du wirst ertrinken«, sagte January.

»Ist mir egal. Ist mir so was von egal. Bitte. Bitte.«

Er hielt ihm die Münze hin.

»Ich bezahl euch«, sagte er.

»Bezahlen!«, lachte January.

»Mach schon«, sagte Mouse. »Nimm. Das ist für meine Fahrkarte. Nimm und nehmt mich mit.«

Die Dämmerung senkte sich nieder. Die Sonne war ein riesiger orangefarbener Ball, der hinter dem Moor abtauchte. Der Himmel über der Stadt fing an zu glühen. Der Nebel über dem Fluss wurde dichter. Wir standen stumm am Kai und hingen unseren Gedanken nach.

»Das Floß ist groß genug«, flüsterte ich. »Drei Türen. Für drei Leute.«

Ich berührte January am Arm.

»Ich pass auf ihn auf«, sagte ich.

»Hölle und Granaten, Erin«, sagte er.

Dann zuckte er mit den Schultern. Er nahm Mouse das Fünf-Pence-Stück aus der Hand, grinste, bückte sich und griff nach dem Floß.

»Kommt schon«, sagte er. »Packen wir's. Alle Mann an Bord.«

Wir kippten das Floß über den Kai. Einen Moment lang schwebte es auf der Kante, dann krachte es nach unten. Jan hielt es am Seil fest. Das Floß verschwand unter dem schäumenden Wasser. Bleib unten, dachte ich. Komm nicht wieder hoch. Doch es tauchte auf und schaukelte sanft auf der Oberfläche.

Jan grinste und drückte meinen Arm.

»Bitte schön«, sagte er auffordernd.

Er lachte Mouse an.

»Los, du auch. Alle Mann an Bord.«

8

Ob dies der beängstigendste Moment in meinem Leben war? Nein. Das war, als meine Mutter für immer die Augen schloss und mich allein ließ. In meinem Kopf drehte sich jetzt alles. Mein Herz hämmerte wie wild. Meine Beine zitterten. Als ich mich über den Rand des Kais schob und vorsichtig die verfaulten Stufen an der Mauer nach unten stieg, dachte ich, ich würde dem Tod entgegengehen. Mouse war neben mir. Er gab mir Kraft. »Alles gut«, flüsterte er. »Alles gut, Erin.« January schaute von oben zu. Er zog an dem Seil und hielt das Floß nah am Kai. Trotzdem klaffte eine etwa ein Meter breite Lücke zwischen uns und dem Floß.

»Springt!«, schrie January. »Na los, springt!«

Mouse machte den Anfang. Er landete bäuchlings auf dem Floß, seine Füße baumelten im Wasser. Er lachte und drehte sich um.

»Komm, Erin!«, rief er.

»Mum«, flüsterte ich. »Mum. Mum!«

Ich schloss die Augen und sprang. Ich rutschte über die glatte, lackierte, klatschnasse Oberfläche und kauerte mich zu Mouse in die Mitte des Floßes. Jan warf uns die Paddel zu. Dann stieß er einen Schrei aus und stürzte sich zu uns in die Tiefe. Das Floß machte einen Satz, kippte zur Seite, wurde von der Strömung erfasst und mitgerissen.

Mit großen Augen sahen wir uns an. Wir keuchten und schrien vor Angst und Erregung. Das Floß kreiselte zur

Mitte des Flusses. Der Himmel war blutrot, der Fluss wie fließendes, geschmolzenes Metall. Über uns wölbte sich die mächtige Brücke. Innerhalb von Sekunden waren wir durchnässt. Wir klammerten uns aneinander. Die Strömung wurde schneller und trieb uns in den dichter werdenden Nebel. Plötzlich sprang January auf und reckte die Arme in den Himmel.

»AAAAAHHH!«, schrie er. »AAAAHHH! FREIHEIT!«

Das Floß buckelte und warf ihn um, auf uns drauf.

Seine Augen strahlten unbändig vor Freude. Sein Gesicht glühte wie der Himmel.

»Freiheit«, flüsterte er. »Freiheit, Erin!«

9

Auf dem Fluss gab es Strudel und Wirbel und kleine Wellen, die vom Wind hochgepeitscht wurden. Die Strömung verlief nicht bloß in eine Richtung. Erst wurden wir in die Mitte des Flusses gezogen und dann wieder zum Ufer. Wir versuchten, mit den Paddeln zu steuern, aber mit den dürren Stecken bewirkten wir kaum etwas. Irgendwann trieben wir flussaufwärts, und es sah so aus, als ob wir uns dem Moor näherten und nicht dem Meer. Doch dann veränderte sich die Strömung wieder und schob uns weiter flussabwärts. Wir froren entsetzlich. Wir waren völlig durchnässt. Bald fühlten wir uns, als hätte der Fluss sogar unsere Knochen durchgeweicht. Und es wurde immer dunkler und dunkler. Die Stadt fing an zu funkeln, und die Pubs und Clubs am Norton Quay waren hell erleuchtet. Musik schallte über das Wasser, und Leute in hellen, luftigen Kleidern spazierten am Fluss entlang. Eine Gruppe Mädchen deuteten auf uns. Sie tanzten im Kreis und sangen brüllend *Bobby Shaftoe*. Andere schauten uns mit ernsten, vielleicht besorgten Mienen nach. Jan schrie *Bobby Shaftoe* zurück. »Schöne Nacht für einen Bootsausflug!«, rief er. Die Mädchen kreischten. Der Fluss trug uns zu ihnen, dann wieder von ihnen fort. Wir winkten und versuchten, die Besorgten zu beruhigen. Uns selbst zu beruhigen. »Hölle und Granaten«, sagte Jan ein ums andere Mal. »Hölle und Granaten«, antwortete ich. »Hölle und Granaten«, flüsterte Mouse. Er hielt sich ganz fest und wollte nicht loslassen. Seine Zähne klapperten, seine Stimme zitterte. »Alles wird gut«, sagte er. »Alles wird gut! Alles wird gut!« Tränen quollen aus seinen Augen. »Erin!«, schrie er verängstigt. »Erin!« Und weiter ging die rasende Fahrt. Anscheinend waren wir in die Hauptströmung geraten, die uns erbarmungslos von den hellen Lichtern und den Stimmen wegzog, hin zu den Nebeln und der Nacht. Der Mond ging auf, ein weißer Ball, der umso mehr strahlte, je schwärzer der Himmel wurde. Sterne glitzerten, erst eine Handvoll, dann ein Firmament voll. Wir erreichten die dunklen Randbezirke der Stadt, die verlassenen Kais: noch mehr runtergekommene Lagerhäuser, verfallene Hafendämme und riesige Werbetafeln, die zeigten, wie es hier aussehen würde, wenn man mit dem Abriss und dem Neubau fertig war. Dazwischen klafften riesige schwarze Lücken. Der Fluss stank nach Öl und irgendetwas Fauligem, und in der Luft lag der Geruch nach Salz und Seetang. Wir kamen an einem Seitenflüsschen vorbei, dem Ouseburn, und wo sich die Strömungen der beiden Flüsse trafen, wurden wir wieder tüchtig herumgewirbelt. Dann gerieten wir endgültig in den Nebel. Anfangs war er noch so dünn, dass Mond und Sterne zu uns durchdrangen. Doch er wurde immer dichter und dicker. Und bald gab es nur noch uns, das Floß, das rauschende Wasser und den Nebel. Unsere Stimmen dröhnten und hallten. Wir starrten uns an und klammerten uns ängstlich aneinander. Was, wenn einer von uns verlorenging, wir alle verloren waren und diese Reise geradewegs in den Tod führte? Wir murmelten irgendwelche Gebete, riefen um Hilfe, vergaßen die Paddel und trieben schaukelnd und kreiselnd weiter. Irgendwann wurden wir langsamer. Das

Floß ruckte, bebte und hielt an. Dann waren da nur noch das leise Platschen des Wassers und das leichte Knarren der Türen. Und unser keuchender Atem. Ansonsten war alles still.

TEIL 2

Die Black Middens

1

Schlamm. Schwarzer, klebriger, öliger, stinkender Schlamm. Es war January, der es als Erster wagte, sich über den Rand des Floßes zu beugen. Vorsichtig streckte er seine Hand nach unten, aber statt in Wasser tauchte er sie in Schlamm, in schwarzen Schlamm. Zähflüssig tropfte er von seinen Fingern. Das Floß saß fest, und der Schlamm floss über die Türen bis zu unseren Kleidern, durchweichte sie und drang bis an unsere Haut. Er quoll durch die Ritzen zwischen den Planken. Ich holte meine Taschenlampe heraus, schaltete sie ein und sah, wie die Türen versanken, sah die goldfarbenen Worte und den roten Fluch verschwinden, sah wie der Schlamm stieg, und wir langsam, aber sicher nach unten in die klatschnasse Erde gezogen wurden. »Hölle und Granaten«, zischten wir. »Hölle und Granaten.« Wir kauerten uns zusammen und klammerten uns aneinander. Unsere Füße, unsere Knöchel, unsere Knie versanken im Schlamm.

»Die Black Middens«, sagte January.

»Was?«

»Die Black Middens. Wir sind auf den Scheiß-Black-Middens auf Grund gelaufen.«

Ich leuchtete ihm mit der Taschenlampe in die Augen.

»Wir müssen hier raus«, sagte er. »Sonst zieht der Schlamm uns in die Tiefe.«

Wir beugten uns über den Rand und versuchten, loszukommen. Das Floß sank nur noch tiefer.

»Hölle und Granaten«, zischte ich.

Ich leuchtete mit der Taschenlampe in den Nebel. Hinter uns das Wasser, vor uns der schwarze Schlamm, und ringsherum undurchdringlicher Nebel.

»Weiter hinten gibt's bestimmt festen Boden«, sagte January.

Wir tasteten im Schlamm herum und suchten nach diesem festen Boden, aber wir fanden nur Schlamm. Nassen schwarzen, tödlichen Schlamm. Wir keuchten und schluchzten.

»Einer muss los, Erin. Einer muss das Seil nehmen und schwimmen, bis der feste Boden kommt.«

Wir starrten uns an.

»Ich«, sagte Mouse.

Ich drehte mich nicht um.

»Du kannst ja nicht mal schwimmen«, flüsterte ich.

»Du bist leichter als ich«, sagte January zu mir.

»Das weiß ich selbst.«

Ich nahm die Taschenlampe zwischen die Zähne und das Seilende in die Hand. Dann rutschte ich über den Rand des Floßes. Ich breitete die Arme und Beine aus und kroch vorwärts. Ich blieb immer in Bewegung und rutschte weiter. Die Black Middens konnten mich jeden Moment verschlucken. Ich flüsterte nach meiner Mum. Aber ich bekam keine Antwort. Hinter mir riefen Mouse und January ständig meinen Namen. Ich konnte nicht antworten. Ich ächzte und wimmerte und stöhnte, und rutschte weiter. Da war kein fester Boden. Kein fester Boden! In meinem Kopf machten sich Nebel und Dunkelheit breit. Ich weinte. Irgendwann hörte ich einfach auf; ich rührte mich nicht mehr. Ich sagte mir, dass ich deswegen überhaupt nur auf das Floß gegangen war. Ich folgte meiner Mum den

Fluss entlang. Tief unten in den Black Middens wartete sie auf mich. Ich ließ mich nach unten sacken, spürte, wie der Schlamm mich umschloss, ahnte die große Zufriedenheit, die auf mich wartete, wenn ich einfach losließ, wenn ich versank, wenn ich mich gehen ließ, wenn mein Mund sich mit Schlamm füllte, und meine Augen und Ohren auch, wenn es nichts mehr gab außer dem Schlamm, der mich ganz und gar umschloss, einhüllte.

Und dann hörte ich sie: »Erin. Erin.« Ich fühlte, wie ihre Hände mich hielten und mich daran hinderten, weiter nach unten zu sinken. »Erin«, flüsterte sie. »Mach weiter. Nicht nachlassen.« Sie half mir, mich zu befreien. Als ich weiterkämpfte, hielt sie mich oben. Ich machte mich lang, kroch und krabbelte. Und endlich spürte ich festeren Boden, trockeneren Boden. Ich zog mich weiter, kniete auf dem festen Grund und schluchzte. Sprechen konnte ich nicht. Die anderen riefen nach mir. Ich hörte die Angst in ihren Stimmen. Ich zog an dem Seil. Es straffte sich. »Alles gut«, rief ich. »Mir ist nichts passiert!« Sie sollten mir folgen, sich am Seil festhalten. Also ließen auch sie sich in den Schlamm gleiten und zogen sich an dem Seil entlang durch die Dunkelheit. Wir leuchteten uns mit den Taschenlampen den Weg. Wir waren schwarzglänzende, zitternde Wesen, wie Millionen Jahre alte Kreaturen, die aus Wasser, Erde und Schwärze geformt worden waren. Wir klammerten uns aneinander, hielten uns fest. Gefühlt verging eine Ewigkeit, ehe wir uns einigermaßen erholt hatten und einander losließen. Dann spuckte January aus und fluchte.

»Das Floß«, sagte er. »Wir müssen es bergen.«

Wütend schaute er uns an.

»Ich hab das doch nicht zusammengezimmert, um es gleich bei der ersten Fahrt wieder zu verlieren. Und nicht weiter zu kommen als bis zu den Scheiß-Black-Middens.«

Also zogen wir am Seil. Wir grunzten und fluchten. Langsam, ganz langsam, zogen wir das Floß zu uns. Und als wir es bei uns auf dem Trockenen hatten, lagen wir einfach nur völlig erschöpft da.

Ich fühlte ihre Hand auf meiner Schulter. Ich hörte ihre Stimme. Ich drehte mich um und sah zum ersten Mal ihr Gesicht, ihre hellen, flehenden Augen.

»Bist du meine Schwester?«, fragte sie. »Seid ihr Brüder mein?«

2

Zwischen ihren Fingern wuchsen Schwimmhäute. Ihr Gesicht war mondbleich. Ihre Augen waren mondrund und wässrig blau. Ihre Stimme war hoch und hell und sehnsuchtsvoll.

»Seid ihr? Seid ihr?«, fragte sie.

Mouse quiekte. January hielt sein Messer in der Faust. Wir wichen zurück, zurück in die schwarze Nässe. Sie streckte die Hand nach uns aus.

»Nicht wieder in die Middens gehen, meine gefundene Schwester, gefundene Brüder mein.«

Wir spürten, wie der Schlamm an uns zog.

Sie weinte.

»Nicht wieder reingehen!«

»O Mann«, schluchzte Mouse. »O Mann. O Mann.«

Ich schlitterte wieder aufs Trockene. Mouse und January folgten mir. Wir kauerten uns eng aneinander. January und ich leuchteten sie mit unseren Taschenlampen an.

»Müsst mitkommen«, sagte sie.

Sie legte ihre Schwimmhauthände wieder auf meinen Arm.

Sie seufzte.

»Wie ist dein Name?«, fragte sie.

»Erin.«

»Ah. So eine wunderschön benamte Schwester.«

Sie strahlte entzückt.

»Hab lang lange gewartet, Erin. Jetzt müsst ihr mitkommen zu Grampa. Ich habe ihm gesagt, ich habe euch gesehen. Jetzt müsst ihr mitkommen und euch zeigen.«

Wir rührten uns nicht. Nebel waberte durch die Strahlen der Taschenlampen.

»Er wartet«, sagte sie.

»Wer?«, fragte January.

»Grampa. Mein Grampa. Schaut.«

Sie drehte sich um, und der Nebel lichtete sich. Im Schein der Taschenlampen sahen wir hinter ihr eine Gestalt, die zu uns herschaute. Sie war groß und so schwarz wie die Nacht und der Schlamm, mit Shorts und klobigen Stiefeln, in der einen Hand einen Eimer, in der anderen eine riesige Schaufel.

»Hier sind sie, Grampa!«, rief sie. »Hab ich's nicht gesagt? Hier ist mein Schatz aus den schwarz schwarzen Black Middens.«

Er betrachtete uns mit glitzernden Augen. Dann hustete er und spuckte aus.

»Wirf sie wieder ins Wasser, meine Kleine«, sagte er.

»Oh, Grampa!«

Er machte mit hocherhobener Schaufel einen Schritt auf uns zu.

»Ich will sie wieder im Schlamm vergraben«, sagte er.

»Oh, Grampa!«

Er blieb stehen und schaute sie an.

»Sie haben nichts mit dir zu tun.«

»Grampa. Vielleicht sind das endlich meine wahr wahren Schätze.«

Er kratzte sich den Schlamm vom Gesicht und schnickte ihn in die Middens. Der Nebel hüllte ihn wieder ein.

»Bring sie zu mir«, sagte er. »Dann werden wir ja sehen, was wir sehen werden.«

Wir hörten, wie er sich umdrehte, seine Füße machten saugende und schlürfende Geräusche.

»Ich werde sie dir bringen, Grampa«, sagte sie. »Geh und mach dich sauber, dann bringe ich sie dir.«

Sie streckte uns ihre Hände entgegen.

»Kommt«, sagte sie.

Wir rührten uns nicht.

»Bei uns ist Warmheit und Bequemheit und Essen«, sagte sie.

»Der bringt uns doch um«, sagte Jan.

»Nein«, sagte sie. »Er tut euch lieben und über euch wachen, wie er Heaven Eyes liebt und über Heaven Eyes wacht.«

»Bist du Heaven Eyes?«, fragte ich.

»Ich bin Heaven Eyes, meine Schwester.« Sie lächelte.

»Ihr müsst mitkommen«, sagte sie. »Diese Middens sind gefährlich. Müsst mitkommen, bevor das rennende Wasser wiederkommt und uns alle wegwäscht.«

Ich schaute erst January an, dann Mouse. Was sollten wir sonst machen?

»Kommt, kommt«, sang sie.

Sie führte uns über festen Boden. Wir zogen das Floß hinter uns her und banden es schließlich an einem alten Anleger fest. Wir folgten ihr eine morsche Leiter hinauf zu einem verfallenen Kai. Als sie vor uns her die Sprossen hochstieg, sah ich, dass sie auch zwischen den Zehen Schwimmhäute hatte. Oben angekommen, griff sie nach unseren Händen und half uns hoch. Sie griff nach unseren Gesichtern. Wir wichen zurück. Sie lächelte.

»Tut euch nicht fürchten, meine Schwester und Brüder mein«, sagte sie. »Es gibt nichts, das ihr befürchten müsst.«

Wieder griff sie nach January und Mouse.

»Und wer seid ihr?«, fragte sie. »Wer seid ihr?«

»Das ist January Carr«, sagte ich. »Und das ist Mouse Gullane. Ich bin Erin Law.«

»Oh«, sang sie. »Solche wunderschön Wunderschönen. Kommt. Kommt und folgt Heaven Eyes.«

3

Wir betraten den Kai und waren auf einmal aus dem Nebel heraus. Hier gab es baufällige Lagerhäuser, eingestürzte Mauern, dunkle Gassen. Dachsparren und offene Dachstühle zeichneten sich schwarz vor dem Nachthimmel ab. Im Boden klafften große Risse und Krater. Schlamm und Wasser triefte platschend an uns herab.

Heaven winkte uns zu sich. Sie bog in eine Gasse ein und betrat die dunklen Schatten, die dort lauerten.

»Folgt«, sagte sie. »Folgt. Folgt.«

Sie führte uns durch ein Gewirr aus Gassen und Gässchen. Ihr helles Haar wippte und flatterte vor uns in der Dunkelheit. Sie drehte sich oft um, und während sie darauf wartete, dass wir zu ihr aufschlossen, leuchteten ihre Augen. Sie sang immer nur dieses eine Wort: Folgt, folgt, folgt. Wir stießen gegen Mauern und traten in Schlaglöcher. Wir schrammten unsere Fingerknöchel an Backsteinen auf. Wir liefen im Zickzack und in Schlangenlinien und duckten uns durch niedrige Türöffnungen. Wir stapften über die mit Schutt übersäten Böden von verlassenen Gebäuden. Im Mondschein sahen wir die roten Warnschilder, daneben Bilder von Wachleuten und knurrenden Hunden. Überall stand: **BETRETEN VERBOTEN**, BETRETEN VERBOTEN, **BETRETEN VERBOTEN**! Wir folgten Heaven, folgten ihren dünnen Beinen, ihren hellen Haaren, ihren leuchtenden Augen, ihrer Singsangstimme. Folgt, folgt, folgt, folgt.

Wir kamen in ein riesiges Gebäude. Das Mondlicht warf helle Spalten durch die zersplitterten Oberlichter. Überall standen mächtige dunkle Maschinen, auf denen Adlerfiguren und Engel kauerten. Der Boden war ein Trümmerfeld aus Schotter, Papier und Glassplittern. Und mittendrin riesige Haufen Bücher, Zeitungen und Zeitschriften.

Heaven blieb unter zwei großen schwarzen, ausgebreiteten Flügeln stehen.

»Hier sind Bücher gemacht worden«, sagte sie. »Seht ihr?«

Sie bückte sich und klaubte eine Handvoll Lettern aus Metall aus dem Dreck zu ihren Füßen.

»Seht ihr?«

Sie öffnete die Hand und ließ die Buchstaben klappernd zu Boden fallen.

»Aber lang lange her«, sagte sie.

Sie lächelte, und ihre Augen glänzten.

»Grampa ist der Wächter«, sagte sie. »Er tut über alles wachen. Da drin, seht ihr?«

Sie drehte den Kopf zu einem verbarrikadierten Fenster. Durch die Ritzen in den Brettern drang ein wenig Licht. Auf der Tür neben dem Fenster befand sich ein weißes Schild:

W CHDI ST

»Er wartet«, sagte sie. »Er ist jetzt bereit für euch.«

January und ich starrten einander an. January packte sein Messer fester.

»Kommt«, sagte sie. »Kommt alle mit.«

Sie drehte den Türknauf und trat ein.

»Hier sind sie, Grampa«, sang sie. »Und, ach, sie sind nass nass und kalt kalt und so befürchtet.«

Grampa saß gebeugt an einem Tisch in der Mitte des Büros. Er schrieb in ein großes, dickes Buch. Auf dem Tisch und den Regalen entlang der Wände brannten Kerzen. In einem Kamin glimmte ein kleines Feuer. Als wir hinter Heaven über die Schwelle traten, drehte er uns das Gesicht zu. Lange, zottige schwarze Haare, ein schwarzer Bart, schwarzer Schlamm in den Furchen seines Gesichts. Seine wässrigen Augen, mit denen er uns musterte, funkelten im Kerzenlicht. Er trug jetzt eine schwarze Jacke mit Epauletten. Auf die Brusttasche war das Wort WACHDIENST gestickt und auf dem Tisch neben ihm lag eine schwarze Pickelhaube.

»Das ist Grampa«, sagte Heaven Eyes. »Und Grampa, das sind Erin Law, Janry Carr und Mouse Gullane. Das sind wunderschöne Namen für eine wunderschöne Schwester und wunderschöne Brüder.«

Er wandte den Blick zu Heaven, sagte aber nichts.

»Kommt herein«, sagte sie und legte ihre Schwimmhauthände auf meinen Arm. »Kommt herein und schließt die Nacht aus.«

Sie lehnte sich an mir vorbei und zog die Tür zu.

»Hier ist Bequemheit und Essen zu essen und Trinken zu trinken.«

Sie hielt uns einen Steinkrug mit Wasser hin.

»Trinkt«, sagte sie. »Tut die Middens aus den Mündern waschen. Dann esst. Wir haben Sultaninen und Dosenfleisch und viel Schokolade.«

Sie zog mich zum Feuer, kniete sich hin und zeigte mir

den Eimer, der dort stand. Sie tauchte ihre Hände hinein und wusch sie. Die Schwimmhäute waren blass, und der Schein des Feuers schimmerte rot durch sie hindurch.

Sie kicherte.

»Du bist dreckig dreckig, Erin Law.«

Mit ihren nassen Fingern streichelte sie meine Hände.

»Tu dich waschen, wie ich«, sagte sie. »Tu die Middens wegwaschen, Erin Law.«

Sie biss sich auf die Lippe, als ich mich neben sie kniete und meine Schulter ihre berührte.

»O Erin«, flüsterte sie. »O Erin, meine Schwester.«

Hinter uns standen January und Mouse, stocksteif richteten sie ihre Blicke fest auf Grampa. Er starrte zurück und schrieb dann wieder in sein großes Buch.

»Kinder, drei Stück«, murmelte er, während er schrieb. »Von den Middens ausgespuckt. Jungen, zwei Stück. Mädchen, ein Stück. Kalt, dreckig und verängstigt. Vielleicht sind's Geister. Vielleicht sind's Teufel aus der Hölle oder Engel aus dem Himmel. Wahrscheinlich ein bisschen was von allem, mit nichts als Tricks im Kopf. Werf sie wieder rein, Grampa. Grab sie in den Schlamm. Tu's.« Er stach mit dem Bleistift auf die Seite ein, hielt dann inne und ließ die Bleistiftspitze über der Seite schweben. Er reckte uns sein Gesicht entgegen und musterte uns eindringlich. »Ihr seid nicht die Brüder«, sagte er. »Du bist nicht die Schwester.«

Ich schüttelte den Kopf und hielt seinem Blick stand.

»Das haben wir nie behauptet«, sagte ich zu ihm.

Sein Gesicht wurde hart, und dann, als er Heaven anlächelte, ganz weich.

»Es ist eine Irrigkeit in dir, Kleines«, sagte er.

»Eine Irrigkeit?«

»Das sind nicht deine Brüder. Das ist nicht deine Schwester.«

»Nein?«

»Nein, mein Liebchen. Du hast dich geirrt. Also sollten wir sie vielleicht wieder in die Black Middens werfen, wo du sie gefunden hast.«

»Wir sind mit einem Floß über den Fluss gefahren«, sagte ich. »Wir kommen nicht aus den Black Middens.«

»Und du bist nicht meine Schwester?«, fragte Heaven.

Ihre Augen flehten mich an. Ich betrachtete sie. Sah sie mir ähnlich? Gab es irgendetwas an ihr, das an mich erinnerte? Konnte sie meine Schwester sein? War es möglich, dass wir denselben Vater hatten? Ich senkte den Blick. Wenn ich jemals meine Lebensgeschichte geschrieben hätte, hätte ich Brüder und Schwestern für mich erdacht. Ich hätte sie in meinen Träumen gefunden. Aber das hier passte einfach nicht, Grampa hatte recht. Ich schüttelte den Kopf und schob meine Gedanken beiseite.

»Nein«, sagte ich. »Ich bin nicht deine Schwester. Das sind nicht deine Brüder. Wir haben keine Geschwister.«

Sie schloss die Augen.

»Dann war alles nur eine Irrigkeit«, flüsterte sie. »Es war alles nur Wollen und Einbilden.«

Sie starrte uns an.

»Seid ihr Geister?«

»Nein. Wir sind keine Geister«, antwortete ich.

»Gut«, sagte sie. »Denn hier sind viele Geister, manchmal.«

Dann lächelte sie wieder.

»Du bist nicht meine Schwester«, sagte sie. »Aber du, Erin Law, kannst meine besteste Freundin sein.«

Sie beobachtete mich.

»Ja?«, flüsterte sie.

Ich berührte ihre kühle, weiche Wange, schaute tief in ihre Augen. Ja, dachte ich. Ja, eine Freundin, die wie eine Schwester ist.

»Ja«, sagte ich. »Ja.«

»Mein Grampa«, sagte sie.

»Ja, meine Kleine.«

Tränen traten in ihre Augen, als sie mit ihm sprach.

»Du darfst sie nicht wieder in das rennende Wasser werfen. Nicht in den Middens eingraben. Lass sie bei mir und dir bleiben.«

»Würde dich das glücklich machen?«, fragte Grampa.

»Ja. Ja. Denn noch nie hatte ich eine Freundin wie Erin Law.«

Grampa seufzte und ächzte und blickte uns düster an. Dann nickte er.

»Einverstanden«, murmelte er.

Heaven drückte mich. Sie strahlte January und Mouse an.

»Seht ihr?«, sagte sie. »Er ist ein guter Grampa. Er tut über euch wachen, wie er über Heaven Eyes gewacht hat.«

Er wandte sich wieder dem Buch zu.

»Namen. Sie haben Namen. So schnell vergessen.«

Er kratzte sich den Bart, und schwarzer Staub rieselte auf die Buchseiten.

»Komm schon, Grampa«, sagte er. »Namen, drei Stück.«

»Erin Law, Janry Carr und Mouse Gullane«, sagte Heaven. »Er ist alt und erinnert nicht viel. Er schreibt alles auf.«

»Erin, Janry und Mouse«, flüsterte er, während er schrieb.

»Das ist gut«, sagte Heaven. »Er tut euch in das Buch schreiben, in die Geschichte von Heaven Eyes und Grampa und die schwarz schwarzen Black Middens.«

»Was ist das für eine Geschichte?«, fragte ich.

»Oh, es ist eine dunkle und nasse und schmutzige Geschichte.«

»Erzählst du sie mir?«

»Vielleicht, Erin. Aber auch Heaven Eyes weiß nicht, wie sie richtig erzählt werden muss.«

Sie nahm mein Gesicht in ihre Hände.

»Erin Law. Heaven Eyes hatte noch nie eine besteste Freundin.«

Sie wiegte sich hin und her und summte eine Melodie. Ich seufzte und lächelte und schaute January an. Er verzog die Lippen und fluchte. Seine Augen waren kalt.

»Was ist los?«, zischte ich.

Er wandte sich wortlos ab.

Heaven berührte ihn an der Schulter.

»Kommt«, sagte sie. »Kommt und tut die schwarz schwarzen Black Middens wegwaschen.«

Er schüttelte ihre Berührung ab, kniete sich aber neben Mouse vor den Eimer, und gemeinsam wuschen sie ihre Gesichter und ihre Hände.

Heaven ging zu Grampa und küsste seine Wange.

»Das sind nette Kinder«, sagte sie zu ihm. »Vielleicht war ich irrig, als ich sagte, dies sind meine Schwester und Brüder mein. Aber sie sind keine Geister. Und jetzt tut Heaven Eyes über sie wachen, damit sie sich nicht so befürchten.«

Sie hob eine Kiste vom Boden auf.

»Hier sind Sultaninen und Fleisch«, sagte sie. »Und viele süßeste Schokolade.«

Sie öffnete die Kiste und hielt sie uns hin. Wir nahmen uns Schokolade. Dann nahmen wir uns noch mehr Schokolade. Sie gab uns eine geöffnete Dose mit Corned Beef.

»Nehmt mehr«, sagte sie. »Nehmt mehr. Seid nicht befürchtet. Nehmt das, was am wunderschönsten aussieht.«

4

»Ihr müsst einen Platz für die Nacht haben«, sagte Heaven. »Einen Platz für den Schlaf und die Schlafgedanken.«

Sie legte nebeneinander Decken an die Wand.

»Für euch. Für euch alle«, flüsterte sie. »Für euren tiefen Schlaf und euren sicheren Schlaf in Grampas Büro.«

Mouse kauerte sich neben sie. Er hob ein paar Metalllettern vom Boden auf und legte neben die Decken unsere Namen.

ERin
JanRy
MouS & Kwiek

»Was bedeuten diese Buchstaben?«, fragte Heaven.

»Unsere Namen«, sagte Mouse.

Er sprach die Buchstaben einzeln aus und dann die Namen.

»Siehst du?«, sagte er. »Aus den Buchstaben macht man Worte, und aus den Worten werden wir gemacht.«

Sie dachte nach.

»Gibt es auch Buchstaben, die Heaven Eyes machen?«

Mouse lächelte und legte ihren Namen neben ihre eigene Decke.

Häven Eis

Sie lächelte und berührte vorsichtig die Buchstaben.

»Das bin ich?«, fragte sie.

»Das bist du«, sagte Mouse.

»Wunderschön wunderschön.«

Sie kuschelte sich auf ihre Decke und streckte die Hand aus, um ihren Namen zu berühren.

January trat seinen Namen weg.

»Wie auf einem verdammten Grabstein«, sagte er.

Ich schnalzte mit der Zunge.

Heaven lag neben mir.

»Meine besteste Freundin«, sagte sie.

Sie legte ihren Kopf auf meinen Arm und schlief ein.

Mouse glitt so schnell und friedlich in den Schlaf, als ob es weit und breit nichts gäbe, was ihn beunruhigen würde.

January und ich lagen da, er hatte den Kopf auf die Hände gestützt, und wir schauten einander an. Jans Augen waren hart und rot und glänzten vor Müdigkeit. Ich sah, dass er drauf und dran war, mit mir zu zanken oder sogar richtiggehend zu streiten. Ich schmeckte die Süße der Schokolade und den Saft der Sultaninen, das kalte Fleisch lag mir schwer im Magen. Tief in meinen Gedanken hallte Heavens Stimme wider. Ich spürte ihre Schwimmhauthände auf meinen Wangen. Die angenehme Wärme des kleinen Feuers zog über uns hinweg. Der Schlamm der Middens trocknete an meinem Leib und hüllte mich ein.

»Es ist warm hier«, sagte ich. »Wir sind müde, Jan. Wir müssen hierbleiben, wenigstens für heute Nacht.«

Er schaute zu Grampa, der immer noch an seinem Tisch saß und uns nicht weiter beachtete. Er schrieb und schrieb, und dabei murmelte und flüsterte er. Schwarzer Staub rieselte aus seinen Haaren und seinem Bart auf das Buch.

»Die sind verrückt«, sagte January. »Das sind doch Freaks.«

»Sie werden uns nichts tun.«

»Wie aus einem verdammten Albtraum. Guck ihn dir doch an. Wer weiß, wozu der fähig ist …«

»Aber sie ist so lieb.«

»Lieb!«

»Ja, lieb. So alt wie wir, aber wie ein kleines Mädchen. Und so seltsam, Jan …«

Er schüttelte den Kopf und knirschte mit den Zähnen.

»Ein Freak, sag ich doch! Eine Missgeburt. Wie irgendwas, das aus einem dämlichen Zoo ausgebrochen ist.«

»Hör auf damit!«

Seine Augen wurden schmal.

»Du bist verhext, Erin. Das ganze Geschwafel über Brüder und Schwestern und besteste Freundinnen!«

»Verhext! Dass ich nicht lache!«

Grampa grummelte. Er schaute zu uns.

»Keine Brüder«, sagte er. »Keine Schwester.«

Ich blickte zu ihm hoch und schüttelte den Kopf.

»Nein«, sagte ich. »Das wissen wir, Grampa.«

»Das wissen wir, Grampa«, äffte January mich nach. Dann legte er den Kopf ab und drehte mir den Rücken zu. Schon bald atmete er langsam und gleichmäßig. Grampa widmete sich wieder seinem Buch.

5

Die Regale hinter Grampa waren voll bis obenhin. Ich konnte Porzellanscherben, aufgehäufte Münzen, rostige Messer und unterschiedliche Werkzeuge erkennen, reihenweise Flaschen und Metallkästen, eine kleine Bootsschraube und einen kleinen Anker. Ein Häufchen ausgebleichter Knochen. Auf dem höchsten Regalbrett, direkt unter der Decke, standen Kisten, die mit Gurten und Seilen fest verschnürt waren. An der Wand neben der Tür lehnten drei Spaten, daneben waren etliche Eimer ineinandergestapelt. Grampa murmelte und schrieb. Heaven schlief auf meinem Arm. Manchmal summte sie im Schlaf, es war wie Musik, die aus einem anderen Land kam. Ich rieb mir die Augen, damit ich nicht einschlafen und träumen würde.

Grampas Hände waren wie unsere, dreckig und schwarz. Auf der Buchseite hinterließ er Worte und schwarze Krümel. Er starrte in die Dunkelheit, dachte nach und klopfte auf den Tisch.

»Dienstag«, sagte er, »wenn mir mein verdammtes Gedächtnis nicht wieder einen Strich durch die Rechnung macht und ich völlig durch den Wind bin und es ein anderer Tag ist. Aber sagen wir mal, es ist Dienstag. Entdeckungen, etliche. Drei Teller, zerbrochen. Eine Tasse, zerbrochen. Eine Pfanne, ohne Stiel. Zwei Münzen, ein neues Zwei-Pence-Stück und ein alter Penny. Eine Tüte mit Brot, durchgeweicht. Zig Limoflaschen, aus Plastik. Ein Stiefel, eine Socke, ein Pullover mit V-Ausschnitt, Größe XL. Ein Hund, schwarz, tot. Reichtümer, keine. Schätze, keine. Rätsel, eins.«

Er kaute auf seinem Stift herum und starrte zu uns hinunter, wie wir in einer Reihe auf dem Boden lagen. Ich machte die Augen schmal, betrachtete seine hervorstehende Nase, die langen, herunterhängenden Haare, die Kontur seines zottigen Bartes, das Wort WACHDIENST auf seiner Brust. Er drehte sich wieder zu seinem Buch.

»Rätsel, eins. Wesen, drei, kamen mitten in der Nacht aus den Middens gekrochen. Floß, eins, aus Holz. Drei Wesen, die mit dem Wasser und dem Mond gekommen sind. Drei Wesen, die der tiefe Schlamm der Middens ausgespuckt hat. Drei Wesen, gerettet von meiner Heaven.«

Er biss von einer Pastete ab und kaute.

»Es sind Besucher gekommen, Grampa. Engel oder Teufel oder irgendwas dazwischen? Wer weiß das schon?«

Er schaute zu uns hin, ausgestreckt lagen wir auf seinem Boden. Er wischte sich mit dem Ärmel über den Mund und schrieb weiter.

»Der Morgen wird Licht ins Dunkel bringen.«

Er lehnte sich zurück, und sein Stuhl knarrte.

»Dienstag vorbei«, seufzte er. »Der Mittwoch steht bevor.«

Er fing an zu singen, über das Meer, über jemanden, der weit hinausgefahren war und den Heimweg nicht mehr finden konnte. Er saß da mit seinem Kopf in einer Pfütze aus Kerzenlicht. Dann schaute er wieder zu uns.

»Und wenn die da Tricks versuchen«, sagte er, »dann muss wohl ein bisschen abgerieben werden.«

Er lächelte und seufzte.

»Jawohl«, sagte er. »Ein bisschen abgerieben.«

»Es ist Freitag«, flüsterte ich.

Er starrte mich an.

»Nicht Dienstag, der ist rum. Es ist Freitag«, sagte ich.

Er kratzte sich den Bart. Schwarze Flocken rieselten.

»Tut mir leid«, sagte ich.

Er blätterte die Seiten in seinem Buch um.

»Freitag«, flüsterte er. »Freitag vorbei, der Samstag steht bevor. Du bist durch den Wind, Grampa.«

Er strich sich über den Bart.

»Ach ja, ach ja.«

»Wer sind Sie?«, fragte ich.

»Wer?«

»Woher kommen Sie? Warum sind Sie hier?«

Er verzog das Gesicht. Er legte den Kopf schräg und betrachtete mich aus dem Augenwinkel, als ob er mich nicht mehr scharf sehen könne, als ob ich bloß ein Phantasiegebilde wäre.

»Ich erinnere mich an viele Dinge«, flüsterte er. »Ich erinnere mich, dass ich ganz allein war. Ich erinnere mich, dass ich eines Nachts unter dem Sternenhimmel Heaven Eyes aus dem Schlamm der Black Middens gegraben habe. Vor langer, langer Zeit. Vor langer Zeit, und sie war am Leben. Ich erinnere mich, dass ich hier alles bewache und dass ich hier immer alles bewacht habe. Aber an viel mehr erinnere ich mich nicht.«

Er rieb sich die Augen, schaute mich direkt an und schrieb dann weiter.

»Sie haben sie ausgegraben?«, fragte ich. »Was meinen Sie damit, Sie haben sie ausgegraben?«

»Grampa ist der Wachmann«, sagte er. »Grampa hat

Heaven in einer sternenklaren Nacht aus den Middens ausgegraben. Das ist lange, lange her, und vieles von der Erinnerung ist verblasst. Heaven Eyes heißt Heaven Eyes, weil sie durch das Leid und den Schmerz der Welt bis zum Himmel sehen kann, der dahinterliegt. Es gibt Tage, die kommen, und Nächte, die kommen, und Gezeiten, die wechseln. Und es gibt Schokolade, die süßeste Schokolade von allen.«

Er betastete die Spitze der Pickelhaube auf seinem Schreibtisch. Sein Blick wurde klar, und er stach mit den Finger in meine Richtung.

»Keine Tricks! Hast du gehört? Versucht bloß keine Tricks!«

»Nein«, sagte ich.

Er rollte mit den Augen und beruhigte sich wieder.

»Schon gut. Der Morgen wird Licht ins Dunkel bringen«, murmelte er.

Er sang wieder. Vorsichtig schob ich Heavens Kopf von meinem Arm und stand auf.

Er beobachtete mich, wie ich durch den Raum schlenderte. Ich strich über die Knochen und die rostigen Werkzeuge. Ich starrte in Kisten mit glänzenden Kieseln, spürte die Buchstaben unter meinen Füßen. An der Wand hing das gerahmte Foto eines jungen Mannes in einer Uniform, wie Grampa sie trug. Er stand neben dem Fluss im gleißenden Sonnenschein. Ich beugte mich vor. War das ein und derselbe Mann, aber vor unzähligen Jahren? Ich drehte mich um, und er sah mich an.

»Sind Sie das?«, fragte ich.

Keine Antwort. Er sah geradewegs durch mich hindurch.

»Waren Sie damals schon beim Wachdienst, vor so vielen Jahren?«

Keine Antwort. Er wandte den Blick ab und schrieb weiter.

An der Wand hingen noch mehr Fotografien. Eine zeigte Schiffe, die dicht an dicht am Kai lagen, mit mächtigen Kränen, die sich über sie neigten, und vielen Männern in Overalls und Mützen, die am Kai arbeiteten. Auf einer anderen war die große Brücke zu sehen, wie sie gebaut wurde und sich die beiden Bögen über das Wasser hinweg einander entgegenstreckten. Es gab auch ein Foto vom Inneren der Druckerei, erhellt vom Sonnenlicht, das durch die Oberlichter fiel. Riesige Bahnen bedruckten Papiers zogen unter den Flügeln der Adler und Engel dahin.

January, Mouse und Heaven schliefen. Grampa murmelte, sang und schrieb. Ich trat neben ihn und schaute ihm über die Schulter. Die Seite oben war bedruckt: SICHERHEITSBERICHT stand dort, daneben DATUM, NAME und RANG. Er hatte *Dienstag* geschrieben, es durchgestrichen und durch *Freitag* ersetzt, dahinter stand *Grampa* und *Wachdienst*. Die Seiten waren voll mit winzigen Buchstaben, mit Zeichnungen von Heaven und ihren Schwimmhautfingern, mit Zeichnungen von uns, von January, Mouse und mir: schwarze Gestalten auf den Black Middens, und ein glänzender Mond über uns. Ich sah unsere Namen dort stehen: *Erin, Janry und Mows.*

»Wir sind über den Fluss gekommen«, flüsterte ich.

»Sie sind über den Fluss gefahren«, flüsterte er, während er schrieb: *Sie sin übern Fluss gefahrn.*

»Wir kommen aus Whitegates in St. Gabriel.«

Sie kommn aus Weitgets in Gabriel.

»Wir sind versehrte Kinder, aber wir sind glücklich.«

Sie sin so glügglich.

»Ich habe früher bei meiner Mum gelebt. Wir hatten ein kleines Haus nicht weit vom Fluss. Es war unser Paradies.«

Ich lächelte, als meine Geschichte in seinen Händen Wirklichkeit wurde und sich mit der Geschichte von Heaven Eyes verband, mit den Rätseln und Geheimnissen, die in seinem großen Buch geschrieben standen.

»Schreiben Sie es auf«, hauchte ich. »Alles ist wahr. Sie war eine kleine Frau mit roten Haaren, die wie Flammen ihr Gesicht umrahmten, und mit strahlend grünen Augen … Ich hatte eine Wiege von der Heilsarmee und Bilder an den Wänden. Zehn kurze Jahre lang lebten wir im Paradies …«

Er schrieb und schrieb: winzige Worte kämpften sich über die riesige Seite, während schwarzer Staub aus seinen Hautfalten und seinen Haaren fiel.

»Mum«, flüsterte ich. »Schau doch, Mum.«

Ich fühlte ihre Hand auf meiner Schulter, ihren Atem auf meinem Gesicht. Sie flüsterte meinen Namen. Sie flüsterte die schwarzen Worte unserer Geschichte, las mir vor, was ich erzählt hatte.

»Alles ist wahr«, flüsterte ich.

Alles is war, schrieb er.

Dann stockte seine Hand und er blickte mich an. »Wonach habt ihr gegraben? Wonach habt ihr gesucht?«

»Nach nichts«, sagte ich. »Nach nichts.«

»Warum seid ihr hergekommen?«

»Wir sind auf den Middens gestrandet.«

»Ihr habt Geheimnisse«, flüsterte er.

Seine Stimme war rau und drohend. Er holte einen

Schlüssel aus seiner Tasche, schloss eine Schreibtischschublade auf und zog ein Fleischermesser heraus. Er hielt die Klinge vor sein Gesicht und starrte mich an.

»Fass sie an, und du bist tot«, zischte er.

»Was?«

»Und du bist tot.«

Hinter mir rief Heaven im Schlaf meinen Namen. Ich legte mich neben sie. Grampa schaute zu, und sein Blick wurde weich.

»Erin«, flüsterte sie im Schlaf. »Erin. Meine besteste Freundin.«

Grampa wandte sich wieder seinem Buch zu und verlor sich in seinen Worten. Heaven flüsterte noch einmal meinen Namen. Ich schaute zu Jan. Er schlief. Er hatte nichts gehört und nichts gesehen. Ich konnte die Augen nicht länger offen halten. Ich nahm Heavens Hand in meine, hielt mich an ihr fest, und dann fiel ich in einen tiefen Schlaf.

6

Ihre Haut und ihre Haare leuchteten. Sonnenlicht ergoss sich durch die Oberlichter, zwischen den ausgebreiteten Flügeln hindurch, über die riesigen Druckmaschinen. Metalllettern glitzerten in dem Dreck zu unseren Füßen. Tauben und Spatzen flatterten über uns hinweg. In den dunklen Ecken scharrten kleine Tiere.

»Folgt mir«, sagte sie. »Folgt nur, Erin, Janry und Mouse.«

Sie ging voraus, hinaus aus der Druckerei, durch die Gassen zwischen den verfallenen Gebäuden. Wir erreichten das Ufer des Ouseburn, wo wir stehen blieben. Steile Stufen führten hinunter zu dem schmalen Kanal.

Sie streckte die Hand mit den Schwimmhäuten aus und klaubte mir getrockneten Schlamm vom Hals.

»Hier tun wir die Middens wegwaschen«, sagte sie.

Sie lächelte.

»Wir tun uns wieder schönen.«

Auf der gegenüberliegenden Seite des Ouseburn ragte eine hohe Mauer auf, die Überreste eines Lagerhauses. Links von uns floss das Wasser in den breiten, glänzenden Fluss.

»Bleibt klein«, flüsterte sie. »Bleibt wachsam, oder die Geister tun uns erhaschen.«

»Die Geister?«, fragte ich.

»Hier sind überall Geister«, sagte sie. »Wir sehen sie, wo die rennenden Wasser rennen. Wir sehen sie in kleinen Booten. Wir sehen sie auf Maschinen laufen. Wir sehen sie weit, weit unten, wo die Brücken sind. Wir hören sie, wenn sie quieken und kreischen und in der Nacht lärmen.«

Sie fing Januarys Blick ein.

»Was hast du, Janry Carr?«, fragte sie.

Er schaute mich an und dann wieder sie. Seine Hände zitterten.

»Was hast du, Janry Carr?«, fragte sie.

»Wir könnten einfach gehen«, flüsterte er mir zu. »Wir könnten verdammt nochmal einfach gehen. Wir könnten sogar zurück ins verdammte Whitegates.«

»Wo bleibt deine Abenteuerlust?«, fragte ich ihn.

»Hölle und Granaten, Erin«, sagte er.

»Sei nicht befürchtet, Janry«, sagte Heaven.

»Ich fürchte mich nicht, verdammt«, zischte er.

Sie berührte ihn mit ihrer Schwimmhauthand. Er starrte entsetzt auf die Stelle und stieß ihre Hand weg.

»Ich bin nett«, sagte Heaven. »Ich werde dir nie etwas tun.«

Wir schauten einander an, wir drei. Mouse huschte an uns vorbei und stieg die Stufen zum Ouseburn nach unten.

»Ich wasch mich zuerst«, sagte er.

»Guter Mouse«, sagte Heaven. »Tu den dreckig dreckigen Dreck wegwaschen.«

Sie summte eine liebliche Melodie. January kauerte sich nieder, starrte den unebenen Boden an und stocherte mit seinem Taschenmesser in der Erde herum.

Ich kauerte mich neben ihn.

»Und du fürchtest dich doch!«, sagte ich. »Was ist los? Wovor hast du Angst?«

»Ich will hier raus. Ich will weiter, so wie wir es geplant

haben. Dafür ist das Floß doch da. Darum geht's doch die ganze Zeit.«

»Wir können ja weiter, aber noch nicht gleich, Jan. Bitte, noch nicht.«

»Du bist echt 'ne Niete«, zischte er. »Wir wollten allein sein, nur du und ich und das Floß und der Fluss, und jetzt guck dir an, was passiert ist.«

Ich berührte ihn an der Schulter. Er duckte sich weg.

»Du bist eifersüchtig«, sagte ich und lachte. »Stimmt doch, nicht wahr? Du willst mich und unser Abenteuer ganz für dich allein.«

»Klar doch! Wenn du das glauben willst, bitte schön.« Ich sah Tränen in seinen Augen schimmern. »Aber lass dir eins gesagt sein: Wenn du nicht bald wieder klar denken kannst, dann mach ich mich allein mit dem Floß davon. Ich fahr dann ganz allein bis zum Meer. Nur ich. Ich!«

»Nur ich, ich«, äffte ich ihn nach. Ich stand auf.

Mouse saß in seiner Unterwäsche am Ufer des Ouseburn und ließ die Füße ins Wasser baumeln. Er spritzte sich eine Handvoll Wasser nach der anderen auf den Körper und rieb den Middens-Schlamm ab.

Heaven lächelte zu ihm hinunter. Sie nahm meine Hand. Ich schaute zu January. Dann legte ich den Arm um Heaven.

»Woher kommst du, Heaven?«, fragte ich.

»Ich erinnere nur wenig«, sagte sie. »Da ist nichts, außer dem tief tiefen Dunkel. Grampa sagt, das Dunkel sind die Middens. Er sagt, er hat mich in einer mondigen Nacht ausgegraben. Das ist alles, was ich erinnere, Erin Law, vor Grampa und den Buchstaben und den Geistern.«

»Sonst nichts?«

»Sonst nichts, außer Schlaferinnerungen, und über die spreche ich nicht, weil sie irrig sind.«

»Was für Schlaferinnerungen?«

»Darf nie drüber sprechen. Grampa wird wütend.«

Sie rückte näher.

»Grampa ist alt«, sagte sie. »Er sagt, Heaven Eyes muss vielleicht irgendwann über den Fluss, in die Welt der Geister.«

Sie holte eine Tafel Schokolade aus der Tasche und drückte sie mir in die Hand.

»Für dich«, sagte sie. »Schokolade ist das süßeste Süß.«

Mouse stieg tropfnass die Stufen hoch. Er lächelte und lächelte.

January schob sich an uns vorbei und ging hinunter zum Wasser.

»Du bist geschönt und glücklich, Mouse«, sagte Heaven.

Mouse lachte. Er hielt Quiek locker in der geschlossenen Hand.

Heaven berührte die eintätowierten Worte auf seinem Unterarm.

Bitte kümmer dich um mich.

»Was sind das für Buchstaben auf dir?«, fragte sie.

»Bitte kümmer dich um mich«, sagte Mouse.

»Ja«, sagte sie. »Ich tu mich wahr und wahrhaftig um dich kümmern.«

Sie dachte nach.

»Aber was machen die Buchstaben auf deiner Haut?«

»Mein Dad hat sie da eingeritzt«, sagte er. Er senkte den Blick. »Er sagte, eines Tages wär ich allein. Er sagte, ich wär schwach und müsste immer beschützt werden. Er hat die Idee aus einem Buch, das wir immer gelesen haben, über einen Bär. Er hat sie mit dem Messer und Tinte eingeritzt.«

Sie streichelte seinen Arm.

»Bist nicht allein, kleiner Mouse«, flüsterte sie.

»Ich weiß«, sagte er. Er holte Quiek aus der Tasche. »Und den hier habe ich auch.«

Er wölbte die Hände, und Quiek huschte durch seine Finger. Er legte ihn in Heavens Hände, und als das kleine Tier dort hin- und herwuselte, lachte sie.

»Glücklicher Mouse«, sagte Heaven. »Glücklich glücklicher Mouse.«

Quiek schlug einen Purzelbaum, und Heaven lachte wieder. Mir wurde klar, wie ähnlich sie waren, Mouse und Heaven. Sie waren beide wie kleine Kinder. Heaven gab Quiek zurück, dann hielt sie die Schwimmhauthände ins Sonnenlicht und fragte mich:

»Was ist ein Dad, Erin?«

Im nächsten Moment duckte sie sich.

»Geister!«, zischte sie.

Sie zog uns in den Eingang eines Lagerhauses.

»Janry«, rief sie. »Bleib klein und still.«

Am anderen Ufer fuhren zwei Radfahrer in Richtung Meer.

Heaven lächelte.

»Sie sind weg!«, flüsterte sie froh.

Sie tanzte zurück auf den Kai, der über den Ouseburn aufragte, und ihre Haare und ihr Kleid wehten um sie herum.

»Glücklich«, sang sie. »Glücklich, glücklich, glücklich!«

Unten warf January haufenweise schwarzen Schlamm in den Fluss.

7

Sie kicherte.

»Tu die Hand rein, Erin Law«, sagte sie.

Sie kicherte wieder und legte die Finger mit den Schwimmhäuten vor den Mund.

Wir waren alle gewaschen, aber in den Poren und Falten unserer Haut klebten noch Spuren der Middens, genau wie in den Falten unserer Kleidung. Jetzt standen wir in einem Lagerhaus, in dem haufenweise Kisten gestapelt waren. Viele von ihnen waren geöffnet, wie die vor uns auf dem Boden.

»Mach schon, mach schon«, sagte sie.

Ich griff hinein, drehte leicht den Arm, streckte die Finger aus und berührte glatte, kühle, in Folie eingewickelte Schachteln.

»Fühl«, kicherte sie. »Fühl, Erin.«

Ich zog eine der Schachteln heraus und kicherte ebenfalls. Es war eine blaue Pralinenschachtel. Vollmilchschokolade.

»Für dich«, sagte sie. »Für dich und Janry und Mouse und Quiek. Macht schon, esst, esst.«

Ich schälte die Folie ab, klappte den Deckel auf und reichte den Kasten mit den weißlichen, leicht eingetrockneten Pralinen herum.

Heaven nahm sich eine Praline mit Orangencreme. Sie sagte, das sei ihre Lieblingssorte. Sie leckte sich die Lippen und seufzte.

»Grampa sagt, sie reichen nicht für immer«, sagte sie. »Aber in den Kisten sind noch viel viele, und es sind noch viel viele Kisten.«

Sie zeigte uns Kisten mit Corned Beef, Kisten voller in Plastiktüten abgepackter Sultaninen und Korinthen. Sie zeigte uns Dutzende Kisten, die noch verschlossen waren.

Ich kaute auf einem Karamell.

»Wie alt bist du, Heaven?«, fragte ich.

Sie runzelte die Stirn.

»Nein«, sagte sie, »ich bin nicht alt. Das ist Grampa, Erin.«

»Wie viele Jahre bist du?«

Sie schaute mich mit ihren hellen, glänzenden Augen an, und ich sah, dass sie mir gerne eine Antwort gegeben hätte, aber völlig verwirrt war.

»Wie viel Zeit?«, versuchte ich es.

»Nimm noch eine Praline«, sagte sie. »Nimm doch noch eine. Sie sind lecker lecker.«

January fluchte. Mouse schob eine Praline in seinen Mund.

»Wie viele Tage und Nächte?«, fragte ich.

»Erst kommt der Tag, dann die Nacht, dann wieder der Tag, rundherum, wie ein Tanz.«

»Du verstehst nicht«, sagte ich.

Sie dachte nach.

»Das Leben ist Wachen und Schlafen«, sagte sie. »Meinst du das?«

»Wie viel Wachen und Schlafen bist du schon hier?«, fragte ich.

Sie dachte nach. Dann kicherte sie.

»Du machst meinen Kopf ganz flatterig, wie Taubenflügel, Erin.«

Sie schaute in die Pralinenschachtel.

Sie schürzte die Lippen.

»So viel Schlafen und Wachen, wie es Orangenpralinen gibt«, sagte sie.

January fluchte.

»In diesem Kasten?«, fragte er.

»Oh, in dem ganzen großen Lagerhaus, Janry.«

»Wie viele sind das?«

Sie kicherte und wurde rot, wandte den Blick ab, legte ihre Hand auf meinen Arm und rückte ganz nah an mich heran.

»Drei?«, flüsterte sie mir ins Ohr.

8

»Auf Patrouille, schaut.«

Wir standen vor dem Lagerhaus mit den Vorräten. Grampa kam durch die Gasse auf uns zu. Seine Jacke war bis oben zugeknöpft und er hatte die Pickelhaube auf dem Kopf. Die Arme schwangen steif vor und zurück. Er hatte eine uralte schwarze Taschenlampe dabei. An einer kleinen Tür blieb er stehen und rüttelte am Türknauf. Er nickte und schrieb etwas in ein kleines Notizbuch. Dann ging er weiter in unsere Richtung. Wir wichen bis an eine Mauer zurück.

»Guten Morgen, Grampa Wächter«, sagte Heaven.

»Guten Morgen, kleine Heaven. Irgendetwas zu berichten?«

»Nein, Grampa. Nur Geister auf rennenden Maschinen, weit weit hinter dem rennenden Wasser.«

Er nickte.

Als er January, Mouse und mich anschaute, runzelte er die Stirn. Heaven stellte sich auf die Zehenspitzen, lehnte sich an seine Schulter und flüsterte ihm ins Ohr.

»Diese sind letzte Mondnacht gekommen. Erinnerst du, Grampa?«

Er nickte noch einmal und schrieb wieder etwas in sein Notizbuch. Dann hob er den Finger und fixierte uns mit seinem Blick.

»Ich habe euch jetzt in meinem kleinen Buch«, sagte er. »Ich werde mich erinnern. Keine Tricks, klar?«

»Keine Tricks«, sagte ich.

Er blinzelte, hob seinen Helm an, kratzte sich am Kopf und blickte hoch in den strahlend blauen Himmel. Gemächlich folgte er dem Flug einer Möwe. Sein Gesicht wurde weich, und leise murmelnd sang er ein Lied. Dann blinzelte er wieder und schaute zu uns.

»Es muss patrouilliert werden«, sagte er.

Heaven legte ihre Arme um seinen Hals und küsste ihn auf die Wange.

»Keine Tricks«, sagte er zu mir.

»Keine Tricks«, sagte ich.

Er ließ sich von Heaven noch einen Kuss geben, dann ging er weiter. Er spähte in Hauseingänge, rüttelte an Türgriffen und kritzelte in sein Notizbuch.

»Er ist sehr wichtig, seht ihr?«, sagte Heaven. »Er ist der Wächter.«

Wir gingen wieder zurück zur Druckerei. January ließ mich nicht aus den Augen. Immer wieder schüttelte er den Kopf und fluchte leise vor sich hin.

»Ist niemand sonst hier?«, fragte er Heaven.

»Was meinst du, Janry Carr?«

»Andere. Andere Leute.«

»Manchmal kommen Geister. Wir verstecken uns vor ihnen, und wenn sie zu nahe kommen, dann tut Grampa sie abreiben.«

»Er tut sie abreiben?«

»Ja, Janry. Er tut sie abreiben.«

January schaute mich an.

»Was hat er mit ihnen gemacht, Heaven?«

Sie zuckte mit den Schultern.

»Dinge, die ich nicht weiß. Abreiben.«

»Und es gibt keine anderen Wächter?«

»Grampa ist der Wächter.«

»Wer bezahlt ihn? Wem erstattet er Bericht? Was macht er an seinen freien Wochenenden?«

Heaven runzelte die Stirn.

»Janry Carr, du machst meinen Kopf ganz flatterig und tatterig. Warum tust du nicht ein bisschen stillen?«

January zuckte mit den Schultern. Er nahm eine Praline aus seiner Tasche und kaute darauf herum.

Heaven nahm meine Hand.

»Grampa arbeitet immer, tags und nachts«, sagte sie. »Am sonnigen Tag patrouilliert er und in mondigen Nächten gräbt und sucht er.«

»Wonach gräbt er?«, fragte ich.

»Oh, nach wundervoll Wundervollem, Erin.«

»Dürfen wir es sehen?«

»Unter dem glänzenden Mond und den glänzenden Sternen tut Erin vielleicht alles sehen.«

Ich wollte noch mehr fragen, aber stattdessen schüttelte ich bloß den Kopf, schloss die Augen und grinste, weil mein Geist ganz flatterig und tatterig wurde und nicht stillen wollte.

Wir gingen weiter, kamen zur Druckerei und gingen hinein, vorbei an den großen Maschinen, ins Büro.

»Seht ihr?«, sagte Heaven und zeigte uns die Sachen auf den Regalen, die Flaschen und die rostigen Werkzeuge, die glänzenden Kiesel und die Knochen. Sie streichelte über den vertrockneten Flügel eines Seevogels, dessen Gefieder mit Öl und Schlamm verkrustet war. »Seht ihr? Wundervoll Wundervolle.«

Sie hakte sich bei mir unter.

»Und es gibt noch mehr Wundervolle, Erin. Er sagt, mein Schatz wartet auf ihn. In einer mondigen, sternigen Nacht findet er ihn und tut ihn ausgraben. Er tut ihn ausgraben und ihn in einen Eimer schütten.«

January schnaubte. Er nahm die Fundstücke eins nach dem anderen in die Hand, sein Widerwille war ihm deutlich anzumerken. Er starrte hoch zu den verschnürten Kisten auf dem obersten Regal. Er fluchte. Dann setzte er sich auf seine Decke an die Wand und kratzte mit dem Messer den Schlamm von seinen Turnschuhen. Heaven beobachtete ihn.

»Armer Janry Carr«, flüsterte sie.

Mouse kniete sich an den Tisch. Er spielte mit Quiek und ließ ihn durch seine Finger flitzen. Heaven lächelte.

»Mouse und Quiek sind glücklich«, flüsterte sie. »Komm. Komm mit.«

9

Sie ging mir voraus zum Eingang. Wir setzten uns in die offene Tür und lehnten uns aneinander. Ich berührte die Schwimmhäute zwischen ihren Fingern, zarte Haut, durch die das Licht schimmerte. Vor uns flutete das Sonnenlicht auf die Druckmaschinen. Staub tanzte. Vögel sangen in den Dachsparren. Der Himmel über den zerbrochenen Oberlichtern war unfassbar blau und weit. Ein leichter Wind wehte über uns hinweg.

»Wer war deine Mum, Heaven?«, fragte ich.

Sie sah mich verwirrt an. Ich lächelte und versuchte es noch einmal.

»Deine Mum«, sagte ich. »Deine Mama. Deine Mutter.«

Sie runzelte ihre Stirn.

»Du und Janry Carr«, sagte sie. »So komische Sachen kommen aus euren Mündern.«

»Du weißt nicht, was ich meine?«

»Meine ich, was du nicht weißt, Erin Law?«

Ich kicherte.

»Warte mal«, sagte ich.

Ich ging zu meiner Decke und holte meinen Rucksack, zog meinen Schatzkarton heraus und löste die Schnur.

»Meine Mum war eine kleine Frau mit roten Haaren und grünen Augen«, sagte ich. »Sie trug Ohrringe mit kleinen Papageien dran, und wir lebten in einem kleinen Haus in der Nähe des Flusses. Wir waren sehr, sehr glücklich. Es war wie im Paradies.«

Heaven lächelte und seufzte.

»Das ist wie Geschichten erzählen«, sagte sie. »Wie Grampa, der Geschichten über die schwarz schwarzen Black Middens erzählt. Wundervoll Wundervolle. Erzähl, Erin. Erzähl die Geschichten.«

Sie kuschelte sich näher an mich.

Ich holte ein Foto von Mum und mir in unserem Garten heraus.

»Das sind wir, siehst du?«, sagte ich. »Das bin ich, als ich klein war, und das ist meine Mum.«

Sie betrachtete das Bild.

»Du bist wie die Geister«, sagte sie.

Ich lächelte. Ich hörte Mum in mir drin kichern.

»Nein«, sagte ich. »Das ist meine Mum, als sie noch lebte.«

Sie kaute auf ihrer Lippe und starrte das Foto an, als ob sie über ein großes Rätsel nachdenken würde. Ich zeigte ihr den Papageienohrring.

»Was sind Mums, Erin?«, fragte sie.

»Mums sind die Frauen, von denen wir stammen. Es gibt auch Dads.«

Sie verzog das Gesicht.

Ich griff wieder in den Schatzkarton. Sie kicherte und wand sich ein bisschen.

»Das sind deine Schätze, Erin, ja?«

»Ja.«

»Wundervoll Wundervolle. Mein Schatz wartet in den Middens, sagt Grampa. Er will ihn ausgraben, ehe er stillt.«

»Ehe er stillt?«

»Ehe er stillt. Nicht wichtig, Erin. Zeig, zeig.«

Ich holte das unscharfe Foto aus dem Krankenhaus

heraus, das Bild von mir, wie ich in ihr wuchs. Man konnte meinen Kopf sehen, meine wedelnden Arme, meine um sich tretenden Beine.

»Das bin ich«, sagte ich, »als ich noch in meiner Mum drin war. Das bin ich, Monate bevor ich geboren wurde.«

Sie kicherte. Sie schaute erst mich an und dann das Foto.

»Du tust flunkern«, sagte sie.

»Nein. Das bin ich, in meiner Mum.«

Sie starrte auf das Bild.

»Es ist dunkel dunkel. Es ist schwer, richtig zu sehen.«

»Ja«, flüsterte ich. »Dunkel dunkel.«

»Du erinnerst?«

»Nein. Nein, ich erinnere mich nicht.«

»Nein, ich auch nicht.«

»Du auch nicht?«

»Ich war in den schwarz schwarzen Black Middens, wo alles schwarz schwarz ist. Grampa grub mich aus, hinein in die sonnigen Tage und die mondigen Nächte.«

»Du musst eine Mum gehabt haben«, flüsterte ich.

Sie dachte nach.

»Also waren die schwarz schwarzen Black Middens die Mum.« Sie lachte entzückt und drückte mich fest. »Die Mum von Erin war dunkel dunkel. Die Mum von Heaven Eyes war schwarz schwarz.«

Schweigend saßen wir eine Weile da.

»Wie bist du in die Black Middens gekommen?«, fragte ich. Sie seufzte.

»Das ist ein Rätsel, Erin Law. Grampa sagt, ich war vielleicht ein fischiges Ding oder ein froschiges Ding, das im Wasser schwimmen tut.«

Sie schaute das Foto von mir in meiner Mum an. Dann strahlte sie.

»Und kannst du sehen?«, sagte sie. »Kannst du die kleinen Hände und die kleinen Füße sehen? Die kleine Erin, die im Wasser flattern tut?«

»Ja«, sagte ich.

»Erin Law, du warst auch ein fischiges Ding oder ein froschiges Ding.«

Ich lachte.

»Ja«, sagte ich.

»Erin ist wie Heaven Eyes und Heaven Eyes ist wie Erin.«

»Ja«, sagte ich.

Wir grinsten uns an.

»Fischig«, sagte ich.

»Und froschig«, sagte sie.

Wir lachten und lachten. Wie sollten wir jemals aus einander schlau werden? Ich legte meine Arme um sie und drückte sie fest, und sie zappelte in meinem Griff, wie eine kleine Schwester.

»Du!«, sagte ich.

»Ich?«

»Ja, du! Du! Was soll ich nur mit dir machen?«

»Mach nichts, Erin Law. Bleib nur hier und bleib meine Freundin. Und sei vorsichtig.«

»Vorsichtig?«

»Ja, meine Schwester. Hier sind Löcher. Hier sind Orte, wo man ins Dunkel fällt und nicht mehr gefunden wird.«

Ich lachte wieder, griff noch einmal in den Schatzkarton und holte die Parfümflasche heraus. Ich kippte mir etwas auf den Finger. Dann tippte ich meinen Finger an meinen

Hals und an Heavens Hals. Ich fühlte Mum neben uns. Sie hielt uns beide in den Armen.

»Wundervoll«, flüsterte Heaven.

»Wundervoll«, flüsterte ich.

»Wundervoll«, flüsterte Mum.

10

January trat gegen meine Füße.

»Komm mit«, zischte er.

Ich rieb mir die Augen.

»Komm mit, Erin.«

Heaven lehnte an mir und döste. Sie hielt meinen Arm fest.

January schaute mich wütend an.

»Komm mit«, sagte er noch einmal.

Ich schob Heavens Hand weg, stand auf und ging mit January in die Druckerei. Zwischen zwei Druckmaschinen, unter einem riesigen schmiedeeisernen Adler, blieb er stehen.

»Wir müssen weg hier«, sagte er.

Ich schwieg.

»Wir müssen verdammt nochmal weg von hier.«

»Bald«, sagte ich.

Wir gingen weiter. Durch eine große Türöffnung konnten wir den Fluss und das gegenüberliegende Ufer sehen. Grampa marschierte mit steifen Armen und der Taschenlampe in der Hand vorbei.

»Wir müssen weg von denen«, sagte er.

»Ach, January«, sagte ich.

»Er ist verrückt und sie ist ein Freak. Hast du ihre verdammten Hände gesehen?«

»Ihr ist was Schlimmes passiert, Jan. Ich weiß das. Irgendwie.«

»Wenn wir hierbleiben, wird *uns* bald was Schlimmes passieren. Unter dem Schreibtisch da drin liegt eine Axt, eine ziemlich große sogar. Hast du das gewusst?«

»Nein.«

»Jetzt weißt du's.«

»Er will sie nur beschützen.«

»Klar, aber was, wenn er auf die Idee kommt, sie vor uns zu beschützen, hm? Was dann?«

»Er würde uns nichts tun.«

»Ha!«

Er trat gegen die Metallletten, die klirrend über den Boden schlitterten.

»Was ist mit dem Floß?«, fragte er. »Was ist mit dem Fluss? Wir wollten weg von hier, weit weg.«

»Aber wir sind weit weg. Kommt dir das nicht auch so vor?«

»Mir kommt's vor wie ein Albtraum, Erin. Schlimmer noch, wie ein richtig übler Ort. Ein böser Ort.«

»Böse?«

Er trat wieder um sich und fluchte, und Grampa lief steif wie ein Zinnsoldat wieder an der Tür vorbei. Die Spitze seiner Pickelhaube glänzte in der Sonne.

»Guck ihn dir doch an!«, zischte January.

»Ha!« Ich lachte.

»Du bist echt verhext.«

»Ha!«

Ich schob mir eine Praline in den Mund und eine zweite in seine Hand. Er holte aus und warf die Praline gegen den Adler. Er trat noch einmal gegen die Buchstaben, dann wurde er ruhiger.

»Ich fühle mich hier wie in einem Grab, Erin. Genau

so. Wenn wir nicht bald von hier abhauen, kommen wir vielleicht nie mehr weg.«

Ohne zu blinzeln, schauten wir uns an.

»Ha!«, sagte ich noch einmal, aber leiser.

Dann senkte ich den Kopf.

»Wir werden von hier abhauen«, flüsterte ich. »Ganz bestimmt, Jan.«

Wir schlurften durch die Buchstaben.

»Hör mal«, sagte er, »lass uns wenigstens nachschauen, ob mit dem Floß alles in Ordnung ist, damit wir in Notfall schnell los können.«

Wir gingen zum Fluss. Ganz in der Nähe hörten wir Grampas Schritte. Wir sahen ihn in einer Türöffnung in einer Seitengasse stehen. Er beobachtete uns. Ich lutschte an einem Karamellbonbon. Auf dem Kai stritten zwei Silbermöwen und attackierten sich mit ihren langen, scharfen Schnäbeln. Als wir hinkamen, hopsten sie weg, aber sie hörten nicht auf zu streiten, hackten und kratzten mit ihren Schnäbeln und kreischten. Wir gelangten ans Ende der Gasse.

Ich kicherte.

»Pass auf die Geister auf«, sagte ich.

»Geister! Von wegen Geister!«

Am Rand des Kais schauten wir nach unten. Die Middens waren unter dem hineinströmenden Wasser verborgen. Das Floß schaukelte auf der Oberfläche und zerrte an seiner Halteleine. January seufzte erleichtert.

»Siehst du?«, sagte ich.

»Ja. Aber irgendjemand wird es sehen, und dann kommen sie und holen uns und bringen uns wieder zu Maureen und den anderen.«

»Wir könnten es rausziehen.«

»Wir müssen weg hier.«

Er schaute das Floß an und runzelte die Stirn.

»Ich gehe auch ohne dich«, sagte er.

Er linste zu mir.

»Wirklich«, sagte er.

Ich bemerkte den Zorn in seinem Blick. Aber ich sah auch die Angst. Er wollte, dass ich ihn bat zu bleiben. Er wollte, dass ich ihm sagte, ich würde Heaven und Grampa verlassen und mit ihm kommen. Heavens Worte gingen mir nicht aus dem Kopf. Meine Schwester … meine besteste Freundin … Ich konnte sie nicht alleinlassen, hier in der Druckerei, allein mit Grampa. Ein Teil von mir liebte sie schon jetzt wie eine Schwester. Ich wusste nicht, wie ich das Jan erklären sollte.

»Es sollte unser Abenteuer werden«, sagte er. »Nur du und ich und das Floß und der Fluss. Dann hast du den blöden Mouse mitgenommen. Und jetzt hast du dich auch noch von zwei blöden Freaks verhexen lassen!«

»Dann mach doch«, sagte ich. »Fahr doch allein los.«

Ich griff nach seiner Hand, aber noch ehe ich ihn berühren konnte, hörten wir hinter uns Schritte. Die Silbermöwen flatterten hoch in den Himmel. Grampa kam durch eine Gasse auf uns zugestapft. Er hielt das Fleischermesser hoch erhoben. Die Klinge blitzte in der Sonne. Unter den mit schwarzem Staub gefüllten Hautfalten war sein Gesicht rot wie Blut. In den Augen glitzerte der Tod.

January trat vor mich und reckte ihm sein eigenes Messer mit der erhobenen Faust entgegen.

»Na, komm schon!«, schrie er. »Komm schon, alter Mann!«

Heaven kam durch die Gasse gerannt.

»Nein!«, schrie sie. »Das sind meine Freunde, Grampa!«

Sie packte ihn an der Schulter und schlang ihre Arme um ihn.

»Grampa! Das sind meine Freunde, die in der mondigen Nacht zu uns gekommen sind!«

Er stand keuchend da. Dann wurde sein Blick klar. Die Hand mit dem Messer sackte schlaff nach unten. Heaven klammerte sich an ihn und flüsterte ihm verzweifelt ins Ohr.

January hielt das Messer immer noch kampfbereit. Sein Körper war angespannt wie eine Bogensehne. Sein Atem ging stoßweise.

»Schade, dass sie gekommen ist«, zischte er. »Sonst hätte ich die Sache ein für alle Mal erledigt.«

Heaven drehte Grampa weg und führte ihn durch die Gasse davon. Immer wieder wandte sie den Kopf zu uns. Ihre Augen flehten uns an, nicht wegzugehen.

»Ein Stoß ins Herz«, sagte Jan. »Oder in die Kehle. Oder den Bauch. Wär ganz leicht.«

»Hattest du keine Angst?«

»Er is'n alter Mann. Völlig plemplem. Der hätte keine Chance.«

Ich zitterte. Ich wollte zu Heaven rennen und sie trösten.

»Aber jetzt wissen wir's«, sagte Jan.

»Was?«

Er packte mich an den Schultern und schaute mich durchdringend an.

»Er ist ein verdammter Killer, Erin«, fauchte er. »Dieser Ort ist böse und gefährlich. Wir müssen weg hier.«

Er zog mich ganz nah an sich heran, seine Augen wurden zu Schlitzen.

»Warum willst du hierbleiben, wo du doch jetzt ganz genau weißt, dass wir alle sterben könnten?«

Ich kaute auf meiner Unterlippe und spürte Tränen auf meinen Wangen kitzeln.

Verlass mich nicht, wollte ich sagen. Bitte verlass mich nicht, Jan.

Aber ich sagte nichts.

Er stieß mich weg, rannte über den alten Kai, kletterte die morschen Sprossen nach unten und sprang mit einem Satz auf das Floß. Der Fluss zog am Floß, die Halteleine spannte sich, und er stand mit breiten Beinen über dem roten Fluch. Ich ließ ihn nicht aus den Augen und wartete ab, ob er davonfahren und mich alleinlassen würde. Aber er löste das Seil nicht, sondern stand nur da, schwankte im Rhythmus des Wassers, den Kopf voller Zorn und Freiheitsträume. Und voller Enttäuschung über mich, seine beste Freundin.

11

Jan! January!, wollte ich ihm zurufen. Aber meine Stimme war nur ein erbärmliches Flüstern, und er drehte sich nicht um. Er hatte mich abgeschrieben. Ich ließ ihn allein und kehrte zu den dunklen Gassen zurück, zu den verfallenen Kais, den eingestürzten Gebäuden, den Ruinen der Vergangenheit. Zu dem Ort, von dem er behauptete, er sei böse und gefährlich. Zu dem Ort, wo der Tod lauerte. Ich bahnte mir den Weg durch uralten Müll und Schutt. Die Mauern und Decken knarrten und ächzten. Staub wirbelte auf. Schatten huschten. Dunkle Vögel schlugen mit den Flügeln. Durch lose in den Angeln hängende Türen gelangte man in rabenschwarze Räume und Säle. Der Boden war zerklüftet und aufgerissen. An einigen Stellen klafften tiefe Löcher und gaben den Blick auf höhlenartige Keller frei. Ich stellte mir vor, wie mich die Geister umschwirrten und beobachteten, die Geister der Menschen, die hier gearbeitet und den Ort mit Lärm, Licht und Leben erfüllt hatten. Ich spürte, wie ihre Finger mich streiften, hörte ihren gequälten Atem, ihr Flüstern, ihr trauriges Lachen. Ich hatte das Gefühl, dass mich aus den hintersten Winkeln wilde Tiere beobachteten, sah ihre Augen glitzern und die scharfen Krallen blitzen. Es waren Wesen, die in Dunkelheit und Einsamkeit geboren waren, mutierte Lebewesen, halb tot und halb lebendig. Als ich vorbeiging, schlugen sie nach mir, zischten meinen Namen, versuchten mich wegzuzerren, wollten mich zu einer von ihnen machen. Ich ging weiter. Weiter und immer weiter. Ich wanderte durch meinen eigenen Geist, durch meine Gedanken, meine Hoffnungen und meine Träume. Ich kickte in den Dreck, atmete Staub ein. Ich dachte daran, als ich das erste Mal mit January zu dem Floß gegangen war. Wie leicht und frei wir uns gefühlt hatten. Wir waren hinaus auf den Fluss gespült worden und hatten uns aneinandergeklammert. Freiheit. Freiheit. Ein neuer Anfang. Wie waren wir bloß so schnell an diesen grausigen, gefährlichen, an diesen ganz und gar tödlichen Ort gelangt? Was hatte uns so schnell entzweien können? Ich stellte mir vor, wie er allein auf dem Floß den Fluss hinuntertrieb und hinausgezogen wurde auf das endlose, weite Meer. Ich stellte mir vor, wie er vor Freude die Arme in die Luft riss. Freiheit!, rief er. Freiheit! Ich trat durch eine Tür. Dunkelheit. Ich erschauerte und stöhnte. Ich streckte die Hände aus und ging weiter. Immer weiter. Ich schob mich an den bedauernswerten Geistern vorbei und kam zu einer Öffnung im Fußboden. Ich ging nach unten. Immer weiter. Uralte, verwitterte Stufen. Es stank nach Moder, Fäulnis und Verdammnis. Ich ging in die tiefste Dunkelheit, so lange, bis es nicht mehr weiterging, bis ich in der hintersten Ecke des hintersten Kellers angelangt war. Dort legte ich mich in den Schlamm.

»Mum«, flüsterte ich.

Keine Antwort.

Ich spürte ihre Hand in meiner. Ich spürte, wie ihre Hand kälter wurde. Immer kälter. Ich hielt sie fest, als sie für immer ihre Augen schloss. Ich hielt sie fest, als sie verschwand. Als sie mich allein ließ. Sie wurde kälter. Immer kälter.

»Warum bist du gestorben?«, fragte ich. »Warum? Warum?«

Keine Antwort.

»Mum«, flüsterte ich. »Mum. Bitte, Mum!«

Keine Antwort. Nur ihre Hand in meiner. Nur ihre kalte, reglose, tote Hand in meiner.

Stumm kauerte ich mich neben sie. Mir wurde kalt, und Stille senkte sich über mich. Ich lag dort im Schlamm, während sich die dunklen Wesen um mich scharten. Statt der zärtlichen Berührung meiner Mum fühlte ich ihre kratzenden Krallen, statt der Stimme meiner Mum hörte ich ihr böses Zischen. Ich ging dorthin, wo es keine Worte mehr gab, kein Lachen, keine Tränen. Keine Hoffnung. Keine Freude. Kein Leben. Der Tod schlug über mir zusammen und zog mich mit.

12

»Erin Law! Erin Law!«

Ihre Stimme hallte durch die Gassen und Gebäude, bahnte sich den Weg durch die lose in ihren Angeln hängenden Türen, vorbei an den Geistern und Dunkelwesen, hinein in meine tiefe Dunkelheit.

»Erin Law! Erin Law!«

Sie bahnte sich den Weg in meinen Kopf und holte mich zurück aus der Stille, aus der Leere und der Leblosigkeit.

»Erin Law! Erin Law!«

Ich rieb mir übers Gesicht und spürte den schmierigen Schleim auf meiner Haut und in meinen Haaren. Ich würgte und spuckte aus, setzte mich auf und versuchte sie zu rufen. Aber ich brachte nur ein Keuchen und Krächzen hervor.

»Erin Law! Erin Law!«

Ich stand auf und taumelte durch die Dunkelheit, die Arme weit vor mich gestreckt. Aber ich war steif, alles tat mir weh, und ich stolperte und fiel auf den Schotter.

Heaven!, wollte ich rufen. Heaven!

Ich kroch, aber ich wusste nicht, ob ich ins Licht kroch oder tiefer in die Dunkelheit.

»Heaven!«, rief ich. »Heaven!«

Ich wischte mir übers Gesicht und schmeckte Blut an meinen Händen.

»Heaven!«

»Erin Law!«

Ihre Stimme war jetzt näher, klarer. Ich spitzte die Ohren, vielleicht könnte ich ihre Schritte hören oder irgendeinen Widerhall von den Wänden und Mauern um mich herum.

»Wo bist du, Erin Law?«

Ich wischte mir die Tränen aus den Augen.

»Ich weiß es nicht«, flüsterte ich.

»Ich bin hier!«, rief ich. »Hier bin ich!«

»Erin Law! Erin Law! Erin Law!«

Ich torkelte und kroch und versuchte, die Treppe zu finden, versuchte, dem Gestank und der Verdammnis zu entkommen. Aber ich kroch im Kreis, kroch dorthin, wo Risse und Spalten im Boden klafften, wo es weiter nach unten ging, in noch tiefere Keller. Ich fühlte die Finger der dunklen Wesen, die an mir zogen. Ich hörte sie zischen. »Ja. Sssso issst's gut. Tiefer. Tiefer. Sssso issst's gut.« Ich kämpfte gegen sie an. Ich versuchte, mich auf Heavens Stimme zu konzentrieren, aber sie war so schwach, so weit entfernt, wie aus einer anderen Welt. Ich sagte mir, dass ich verloren war, dass man mich niemals finden würde, dass ich zu tief in die undurchdringliche Dunkelheit eingetaucht war. »Tiefer«, zischten die Stimmen. »Tiefer. Sssso issst's gut.« Ich hörte auf zu kriechen. Ich hielt wieder Mums Hand, ein letztes Mal, als sie für immer die Augen schloss.

»Erin Law! Erin Law!«

Die Stimme kreiste und suchte, verblasste, wurde lauter, verblasste wieder und wollte einfach nicht aufgeben.

»Erin Law! Wo bist du, Erin Law?«

»Ich weiß es nicht«, weinte ich.

Ich schluchzte, hielt die tote Hand meiner Mutter.

»Ich weiß es nicht!«, rief ich.

Ich legte mich zurück in den Schlamm, spürte, wie die Kälte in meine Knochen kroch.

»Hier!«, rief ich.

Ich schloss die Augen. Die Stimme kreiste und suchte und kreiste und suchte. Ich versank tief in der Dunkelheit.

»Erin Law!«

Sie war nah.

»Ich sehe dich, Erin Law!«

Ich ächzte.

»Halt still. Halt still still.«

»Was?«

»Ich sehe dich. Halt still, und Heaven Eyes holt dich.«

Ich starrte in die Dunkelheit und sah nichts. Es war unmöglich, in einer solch dunklen Dunkelheit irgendetwas zu erkennen. Ich hörte die Schritte durch den Schotter näher kommen, hörte ihren Atem, als sie endlich bei mir war, hörte das Rascheln ihrer Kleider. Aber ich sah nichts. Dann spürte ich ihre Finger auf meinem Gesicht.

»Oh, meine Schwester Erin Law! Was machst du in einer so dunklen Dunkelheit?«

13

»Ich habe es gesagt«, sagte sie. »Ich habe gesagt, dass der Boden locht, wo die Dunkelheit und die Drohung ist. Musst aufpassen, meine Schwester.«

Mit ihren sanften Fingern wischte sie mir den Schlamm aus dem Gesicht. »Da sind Orte, wo man ins Dunkel fällt und nicht mehr gefunden wird«, sagte sie. »Du musst aufpassen.«

Wir standen hinter der kaputten Tür in Schotter und Unrat unter einem eingestürzten Dach. Sie streichelte mein Gesicht. Meine Augen brannten und mussten sich erst wieder an die Helligkeit gewöhnen. In meinem Kopf drehte sich alles.

»Wo sind wir hier?«, fragte ich. »Was ist das für ein Ort?«

Keine Antwort.

»Was ist das für ein Ort? Ist er böse? Ist er verrückt?«

»Was sagst du, Erin Law?«

»Was bist du?«, flüsterte ich.

»Ich bin Heaven Eyes, meine Schwester.«

»Was ist Grampa?«

»Er ist mein Grampa, meine Schwester.«

»Was ist das für ein Ort?«

»Wo Heaven Eyes und Grampa leben, meine Schwester.«

Vögel sangen und flatterten hoch über uns durch die zersplitterten Dachsparren. Unter uns im Keller seufzte und schabte es.

»Ist es das Leben?«, fragte ich. »Oder ist es der Tod?«

Sie blinzelte verwirrt und berührte wieder mein Gesicht.

»Was war da in deinen Gedanken, tief unten in der dunklen Dunkelheit, meine Schwester?«

Sie schob mir eine Praline in die Hand. Ich steckte sie in den Mund und kaute.

»Süß«, sagte ich.

»Süß süß«, sagte sie grinsend. »Nimm noch. Nimm noch.«

»Was kann ich fragen, damit du mir eine Antwort gibst?«

Sie zuckte mit den Schultern und lächelte.

»Frag nichts. Kau nur die Schokolade, die süß süße Schokolade.«

»Warum will Grampa uns umbringen?«

»Grampa ist ein guter Grampa. Er wird euch nie etwas tun.«

Ich schüttelte den Kopf und lachte leise.

»Und was war mit dem Messer, Heaven?«

»Er hat euch verloren.«

»Verloren?«

»Aus dem Kopf verloren. Er hat gedacht, ihr seid Geister oder Teufel, die Tricks versuchen.«

»Er wollte uns umbringen, Heaven.«

»Vielleicht. Ihr müsst immer bei Heaven Eyes bleiben. Ihr dürft niemals wie Geister sein. Ihr müsst ›Guten Tag, Grampa‹ sagen. Ihr müsst ihm sagen, Heaven Eyes ist das wundervoll Wundervolle.«

»Was noch?«, fragte ich.

»Sonst nichts. Dann ist Grampa lieb.«

Wieder lachte ich.

»Lieb!«

»Komm mit«, sagte sie.

Ich ließ mich von ihr an der Hand nehmen und zu den Druckmaschinen führen. Ständig drehte ich mich zum Fluss um, aber ich konnte Jan nirgends entdecken. Dann, vor dem Büro, sahen wir ihn. Er lehnte an einer Maschine. Ich seufzte erleichtert auf, aber er zuckte bloß mit den Schultern. Ich hätte so gerne die Hand nach ihm ausgestreckt. Ich wünschte mir, er würde mit mir sprechen, aber er sagte nichts. Ich holte tief Luft und folgte Heaven ins Büro. Der Tag neigte sich dem Ende zu, und die Kerzen waren angezündet. Grampa kritzelte in sein großes Buch. Er kaute an einer Scheibe Corned Beef. Seine Pickelhaube lag neben ihm auf dem Schreibtisch.

»Siehst du?«, sagte Heaven. »Grampa ist jetzt lieb. Er verliert viele Sachen aus dem Kopf. Er tut viele Sachen aufschreiben, damit er sie nicht verliert.«

Ich schaute auf das große Buch, beobachtete, wie er blindwütig Sachen aufschrieb. Ich stellte mir die Tausende und Abertausende von Worten vor, die er bei Kerzenlicht hier geschrieben hatte.

»Er hat bestimmt auch viel über dich geschrieben, nicht wahr?«, sagte ich.

»Viel viel, Erin. Viel viel Vieles, wenn Heaven Eyes Schokolade isst und schläft und komische Gedanken denkt und komische Schlaferinnerungen erinnert.«

»Hast du seine Bücher gelesen, Heaven?«

Sie verzog das Gesicht.

»Hast du gelesen, was er geschrieben hat?«

»Er schreibt, Heaven Eyes ist das wundervoll Wundervolle, Erin Law.«

»Und was sonst?«

»Was sonst?«

January fluchte und kam auf uns zu.

»Sie kann verdammt nochmal nicht lesen«, sagte er und schaute sie wütend an. »Wo sind denn die ganzen Bücher?«

Sie kaute an ihrer Lippe.

»Oh, Janry Carr, das böst ihn.«

»Was denn?«

»Das sind Grampas Geheimnisse, Janry Carr. Nicht schauen. Nicht anfassen.«

January blickte sich um.

»Wo sind die Geheimnisse, Heaven?«

Ich fühlte ihre zitternde Hand auf meinem Arm.

»Sag Janry Carr, er muss aufhören«, flüsterte sie.

January lachte.

»Sag Janry Carr, er darf nicht wie ein Geist suchen und suchen.«

»Hörst du?«, sagte ich zu January.

Er zischte und schaute auch mich wütend an.

Grampa richtete seinen Blick auf uns. Seine Augen glänzten im Kerzenlicht. Als er Heaven sah, wurde sein Blick weich. Sie lächelte ihn an.

»Ich liebe dich, Grampa«, flüsterte sie.

»Liebe«, murmelte er und schrieb. »Liebe, Liebe, Liebe. Heaven Eyes und Grampa. Liebe, Liebe, Liebe.«

»Da«, sagte Heaven. »Seht, was für eine Sanftigkeit er hat? Seht, was für eine Liebheit er hat?«

»Ja«, sagte ich.

»Ja. Er tut euch nichts.«

January fluchte leise vor sich hin.

Mouse saß halbverborgen in einer Ecke und beobachtete uns. Quiek huschte durch seine Finger.

Grampa erhob sich und zog seine Jacke aus.

»Dreht euch um«, sagte Heaven.

Wir wandten den Blick ab und hörten, wie Grampa sich auszog. Als wir wieder hinschauten, trug er nur noch eine knielange Shorts. Seine Haut war blaugrau, Spuren von schwarzem Sediment waren in den Falten. Auf seiner haarigen Brust prangte eine Tätowierung, ein Anker. Seine Beine waren hager, und er hatte einen kleinen, vorstehenden Bauch, aber seine Arme und Schultern waren dick mit Muskeln bepackt. Er ging zur Tür und zog ein Paar große Stiefel an. Er bückte sich und küsste Heaven, und seine Haare und sein Bart fielen über ihr blasses, schimmerndes Gesicht. Dann nahm er einen Spaten und einen Eimer und trat hinaus in die finster werdende Nacht.

»Er geht schätzen«, sagte Heaven und ihre Augen weiteten sich vor Aufregung. »Und vielleicht ist heute die mondige Nacht, in der Heaven Eyes' Schatz in den Eimer fällt.«

»Können wir mitgehen?«, fragte ich.

Sie lächelte.

»Oh, Erin«, sagte sie. »Gewisslich könnt ihr. Komm mit, Janry Carr. Kommt mit, Mouse und Quiek. Wir wollen sehen, was Grampa in dieser mondigen, sternigen Nacht ausgräbt.«

14

Über uns funkelten die Sterne. Wir traten in Schlaglöcher und schürften uns die Knöchel auf. Heaven schwebte uns voraus. Ihr helles Haar wippte und wehte. Vor ihr trottete Grampa als schwarzer Schatten zum Fluss hinunter. Unten am Wasser sahen wir den Himmel über der Stadt glühen. Hunderte winziger Lichter funkelten auf den Bögen der Brücke. In der Ferne ragten Türme und Hochhäuser schwarz vor dem Nachthimmel auf. Der Fluss glänzte unter dem Mond wie poliertes Metall. Von den Norton Quays erklang schwach ein Quietschen. Grampa bückte sich, drehte sich um und stieg dann die Stufen hinunter. Als er uns anstarrte, glitzerten seine Augen.

»Guten Abend, Grampa!«, rief Heaven. »Ich bin es, mit meinen Freunden Erin Law, Janry Carr und Mouse Gullane. Wir tun patrouillieren und warnen vor Geistern.«

Er hob die Hand und verschwand dann unterhalb der Kaimauer.

Wir kauerten uns an den Rand und schauten nach unten. Grampa ging auf das Floß und begutachtete es. Mit den Fingern fuhr er Januarys Fluch nach. Dann lief er weiter, und wir hörten, wie seine Stiefel durch den Schlamm schlürften und platschten. Er fing an zu graben. Spatenstich um Spatenstich wälzte er die Middens um, und es gluckste und schmatzte. Wasser floss nach und schwappte wieder weg. Er schichtete einen Haufen Schlamm auf, bückte sich dann und wühlte ihn mit den Händen durch.

Von seinen Fundstücken kratzte er den Schlamm und hielt sie in das Mondlicht. Einige warf er zurück in den Fluss, andere in den Eimer. Dann legte er sich neben dem Loch, das er gegraben hatte, flach hin und griff mit beiden Armen hinein, grub und wühlte und suchte die Middens ab. Neue Fundstücke landeten entweder im Fluss oder im Eimer. Schließlich schob er den Schlamm zurück in das Loch, nahm seinen Eimer und ging zu einer anderen Stelle. Dort fing er von vorne an. Wir legten uns auf den hubbeligen Boden, unsere Köpfe ragten über den Rand des Kais. Von den Black Middens stieg der Geruch nach Öl und Fäulnis und Fisch auf. Manchmal wehte ein besonders übler Gestank zu uns, und wir würgten und hielten die Luft an, bis er vorübergezogen war. Grampa schlitterte und rutschte und grub, und der Mond leuchtete ihm. Er war wie eine uralte Kreatur, die sich durch den Schlamm kämpfte, etwas, das aus dem Morast der Middens selbst erschaffen worden war.

Mouse schaute mit großen Augen zu. Dann rückte er zu mir heran.

»Wie ich«, sagte er. »Wie ich, wenn ich im Dreck nach Schätzen grabe.«

Ich lachte.

»Ja«, sagte ich. »Er ist genau wie du.«

»Da sind bestimmt alle möglichen Schätze drin«, sagte er, »die vom Fluss angespült wurden. Dinge, die Jahrhunderte alt sind.«

Er schaute zu Heaven.

»Darf ich ihm helfen?«, fragte er.

»Oh, Mouse«, sagte sie. »Das wäre so schön für Grampa, einen kleinen Helfer zu haben. Ja, Mouse, tu Grampa helfen. Grampa!«, rief sie. »Mein Freund Mouse kommt und tut beim Schätzen helfen!«

Grampa drehte sich um und winkte.

Mouse hielt Quiek dicht vor sein Gesicht.

»Mouse hilft Grampa, nach Geheimnissen zu graben«, sagte er. »So wie du mir immer hilfst.«

Er reichte mir Quiek.

»Pass auf ihn auf«, sagte er.

Quieks winzige, scharfe Krallen krabbelten auf meiner Handfläche. Aus meiner locker geschlossenen Faust spähte er Mouse hinterher.

»Quiek«, quiekte er. »Quiek. Quiek.«

Mouse kletterte die Leiter hinunter. Auf den Middens bückte er sich und fing an, mit den bloßen Händen zu graben.

»Nach was für einem Schatz sucht dein Grampa?«, fragte ich Heaven.

»Nach dem Schatz für Heaven Eyes.«

»Aber was ist das?«

»Er sagt, es gibt viele Schätze und Geheimnisse in diesen Middens. Sie wurden von weit, weit hinten nach hier vorne gebracht. Er sagt, er findet sie in einer mondigen Nacht und wirft sie in seinen Eimer.«

Wir schauten weiter zu.

Jan setzte sich auf und starrte zum Meer.

Unter uns schlürfte und schwappte es.

»Hat er schon mal was von dem Schatz gefunden?«, fragte ich.

»Kleine bisschen. Er sagt, er entdeckt noch mehr, bevor er still still ist.«

»Still still?«

»Still still. Und er sagt, der besteste Schatz ist schon ausgegraben, und dieser Schatz ist Heaven Eyes, die er in einer mondigen und sternigen Nacht ausgegraben hat.«

January schnaubte.

»Und dich hat er wohl auch in einen Eimer geworfen, was?«

»Ach, Janry Carr. Ich bin zu groß für einen Eimer. Kannst du das nicht sehen?«

January stand auf und streifte hinter uns auf dem Kai entlang.

Ich lag dicht neben Heaven. Ich berührte die Schwimmhäute an ihren Fingern. Sie schaute mich mit ihren riesigen, hellen, glänzenden Augen an.

»Gibt es noch andere Heavens in den Middens?«, fragte ich sie.

Sie blinzelte und dachte nach.

»Das ist ein Geheimnis, Erin. Aber er sagt, in einer mondigen Nacht gräbt er vielleicht Brüder und Schwestern aus. Er sagt, sie tun über Heaven Eyes wachen, wenn Grampa still still ist.«

Ich legte den Arm um sie.

»Heaven«, flüsterte ich. »Denkst du wirklich, dass du irgendwo Brüder und Schwestern hast?«

»In diesen schwarz schwarzen Black Middens, ja.«

»Ich meine, irgendwo anders. In der Vergangenheit.«

»Es gibt komische Gedanken und Schlaferinnerungen. Darin sind vielleicht Schwestern und Brüder und seltsam seltsame Dinge. Aber darüber dürfen wir nicht sprechen, denn es böst Grampa.«

»Aber wir könnten manchmal darüber flüstern, ja?«

Sie streckte die Hand aus und strich mir über die Wange.

»Vielleicht«, flüsterte sie. »Vielleicht, meine Schwester.«

Wir lagen nebeneinander und sahen Grampa und Mouse zu, Quiek huschte durch meine Finger, und wir bemerkten nicht, dass January verschwunden war.

15

»Wo ist Janry Carr?«, fragte Heaven irgendwann.

Unter uns grub Grampa gerade sein drittes Loch. Mouse lag flach auf den Middens und hatte beide Arme tief im Schlamm vergraben. Heaven setzte sich auf und schaute hinter sich zu den dunklen Gebäuden.

»Wo ist Janry Carr?«

»Keine Ahnung«, sagte ich.

»Oh, Erin«, sagte sie.

»Keine Sorge«, sagte ich und lachte. »Er ist ein großer Junge, weißt du?«

»Aber er hat Tricks im Kopf, Erin.«

»Soll ich ihn suchen?«

Sie kaute an ihrer Lippe.

»Beide gehen wir, Erin. Und zuvordererst gucken wir in Grampas Büro.«

Wir standen auf. Ich steckte Quiek in meine Tasche, und wir gingen durch die Gassen zurück zur Druckerei. Kerzenlicht schimmerte durch das verbarrikadierte Fenster des Büros. Heaven eilte zur Tür und lauschte. Als sie mich anschaute, waren ihre Augen voller Angst.

»Janry Carr ist da drin«, flüsterte sie. »Oder es ist ein Geist.«

Ich hörte ihn rumoren.

»Du gehst«, sagte sie. »Du gehst und sagst Janry Carr, er soll aufhören.«

Ich drehte den Türknauf.

January kletterte gerade an den Regalen nach oben. Er war schon halb oben und grinste mich an.

»Runter!«, rief Heaven. »Runter, runter!«

Sie stieß mich vorwärts.

»Sag's«, sagte sie. »Sag Janry Carr runter, runter.«

»Komm runter«, sagte ich.

Er hielt eine rostige Schere hoch und das ausgebleichte Skelett eines kleinen Fisches.

»Schätze!«, höhnte er.

Heaven schluchzte.

»Komm runter«, sagte ich wieder.

»Komm runter!«, sagte Heaven. »Du böst Grampa. Und dann tut er dich abreiben.«

Jan sprang von dem Regal und landete neben mir.

»Aber da oben«, sagte er und deutete zum obersten Brett, wo die staubigen Kisten standen. »Vielleicht ist da oben irgendwas.«

»Nein, Janry Carr«, sagte Heaven. »Du darfst nie da hochgehen. Du darfst nie diese Kisten aufmachen.«

Er lachte bloß.

»Und schaut mal«, sagte er und ging vor dem Schreibtisch in die Hocke. Er zeigte mir die verschlossene Schublade. »Was mag da wohl drin sein, hm?«

Er holte sein Klappmesser aus der Tasche und schob die schmale Klinge in das Schloss.

»Sag ihm, aufhören!«, schluchzte Heaven. »Sag ihm, aufhören!«

Ich griff nach seiner Hand. Er lachte.

»Also schön«, sagte er.

Heaven lehnte sich an mich und schluchzte in ihre Schwimmhauthände. January zwinkerte mir zu.

»Aber wenn sie beide unterwegs sind, okay?«, flüsterte er.

Ich funkelte ihn böse an, auch wenn ich ebenso wie er wissen wollte, was sich in diesen Kisten und dieser Schublade verbarg.

Wir setzten uns gegen die Wand. Ich fütterte Heaven mit Pralinen. Ich flüsterte ihr zu, dass January so etwas nie wieder tun würde. Ich holte Quiek aus der Tasche und gab ihn ihr. Sie schaute zu, wie er über ihre Finger huschte, und beruhigte sich allmählich.

»Du bist so lieb, Erin«, flüsterte sie und kuschelte sich an mich. »Und Janry Carr ist manchmal so böse.«

Nicht lange danach hörten wir Schritte in der Druckerei. Grampa und Mouse kamen herein, Grampa in seinen Shorts, Mouse in seiner Unterwäsche. Sie waren klatschnass und trieften. Mouse' Augen blitzten vor Freude.

»Zauberei!«, sagte er. »Zauberei!«

Er kniete sich auf den Boden, öffnete die Hände und präsentierte seine Fundstücke: blaue Kieselsteine, der Schädel eines kleinen Tiers, eine Münze, einen roten Henkel, eine grüne Plastikschale.

»Seht ihr?«, sagte er. »Da ist so viel in diesem Schlamm, was nur darauf wartet, gefunden zu werden.«

Grampa trug seinen Eimer zum Schreibtisch. Er legte seine Entdeckungen auf die Tischplatte und zog sich dann wieder an.

»Wir haben gegraben«, sagte Mouse. »Gegraben und gegraben und gegraben. Ich hätte bis zur Mitte der Welt graben können. Aber dann kam das Wasser zurück und wir wurden fast in den Ouseburn gespült.« Er starrte Grampa an. »Was er schon alles gefunden haben mag!«, flüsterte er.

Heaven hatte den Arm um Grampa gelegt und schaute ihn voller Stolz an.

»Dienstag«, sagte Grampa, während er in sein Buch schrieb. »Oder ein anderer Tag. Funde, etliche. Blechdosen, ein Stück, verrostet. Einen Penny. Einige Limoflaschen, Plastik. Einen Hammer, ohne Griff. Zwei Angelhaken, einer groß, einer klein. Gegenstände, die in den Fluss geworfen wurden, viele. Juwelen, keine. Wertsachen, keine. Schätze, keine. Helfer, einer …«

»Das ist Mouse«, sagte Heaven.

Sie strahlte uns an.

»Das ist mein Freund Mouse, Grampa. Das ist dein kleiner Helfer.«

»Name Mouse«, murmelte Grampa und schrieb es auf.

Er drehte den Kopf und betrachtete Mouse, als wäre er überrascht, ihn dort zu sehen.

Er schrieb weiter.

»Ein Helfer aus der Nacht, aus den Black Middens, der beim Graben und beim Suchen nach Heavens Schatz geholfen hat.«

»Er wird dir alle Nächte helfen«, sagte Heaven.

»*Notabene*. Merke wohl, Grampa. Dieser Helfer bekommt Eimer, einen, Stiefel, zwei.«

Heaven holte tief Luft.

»Eimer und Stiefel, Mouse! Grampa muss glücklich glücklich sein über deine Hilfe!«

16

Grampa weckte uns mitten in der Nacht.

»Geister!«, schrie er. »Geister! Geister!«

Wir fuhren von unseren Decken hoch.

Grampa stand vor dem Regal. Er hatte einen gebrochenen Vogelflügel in der Hand. Zu seinen Füßen lag eine zersplitterte Flasche.

Heaven eilte zu ihm.

»Es waren Geister hier drin, kleine Heaven«, sagte er.

Er deutete auf den Fußabdruck in dem schwarzen Staub auf dem Regal. Ich zitterte. Das war unverkennbar ein Abdruck von Jans Turnschuhen. Grampa starrte zu den verschnürten Kisten hoch. Er versuchte, nach oben zu klettern, aber er konnte das Gleichgewicht nicht halten. Sein Gesicht war rot angelaufen und angespannt.

»Es war niemand hier!«, flüsterte ich.

Er starrte, als ob er durch mich hindurchsehen würde.

»Geister!«, flüsterte er.

Heaven zitterte. Sie legte ihre Hand auf seinen Arm.

January stand auf und kam zu uns.

»Hier war niemand«, sagte er.

Grampa schaute zu Mouse hinunter.

»Du bist mein kleiner Helfer?«, fragte er.

»Ja«, sagte Heaven. »Ja, er ist dein kleiner Helfer.«

Tränen rannen über ihre Wangen.

»Kletter hoch«, sagte Grampa. »Kletter zu den Kisten hoch. Schau nach, ob sie noch zu sind, kleiner Helfer.«

Mouse rieb sich den Schlaf aus den Augen und kletterte. Ich stand unter ihm und breitete die Arme aus, um ihn aufzufangen, falls er abrutschte. Er kletterte bis ganz nach oben.

»Sind die Kisten noch zu?«, fragte Grampa.

Mouse streckte sich und rüttelte nacheinander an den Deckeln der Kisten.

»Ja«, sagte er.

»Die Seile und Gurte festgezurrt?«

»Ja.«

Grampa seufzte.

»Dann komm wieder runter«, flüsterte er.

Seine Augen waren rotgerändert. Er starrte den Fußabdruck an und kratzte sich den Bart, aus dem schwarzer Staub rieselte. Er sah alt aus, sehr, sehr alt. Er drückte Heaven an sich.

»Alles gut«, flüsterte sie.

Er deutete auf den Fußabdruck. Sie streckte die Hand aus und verwischte ihn mit ihren Fingern.

»Ist nichts«, flüsterte sie mit zitternder Stimme.

Er leckte sich über die Lippen und grübelte über dieses Rätsel nach.

»Ist nichts«, sagte Heaven noch einmal. »Du hast Schlafgedanken und komische Bilder im Kopf, Grampa.«

»Keine Geister?«, fragte er.

»Keine Geister, Grampa.«

Sie führte ihn zu seinem Schreibtisch. Dort saß er und starrte ins Leere, während er sich über den Bart strich. Dann nahm er den Stift und fing wieder an zu schreiben.

Heaven legte sich neben mich und weinte.

Ich strich ihr übers Haar.

»Alles wird gut«, sagte ich.

»Nein, Erin. Niemals nein.«

Sie wälzte sich stundenlang hin und her und konnte nicht einschlafen.

»Dieser Janry Carr«, zischte sie. »Dieser Janry Carr! Für ihn musste ich Schwindel sagen und Falschigkeiten. Oh, Erin. Oh, meine Schwester Erin Law.«

17

Die Stiefel waren rissig und ausgetreten. Die verstärkten Zehenkappen ragten weit über Mouse' Zehen hinaus, und der Schaft reichte ihm beinahe bis zu den Knien. Grampa schnürte sie mit Seilen an Mouse' Waden fest. Die Shorts waren dunkelblau und hingen wie ein Sack an ihm. Die Schaufel hatte einen dicken, ausgebleichten Holzstiel und ein rostiges Blatt. Mouse stand vor uns und blinzelte. Er war blass, hager und dürr. Seine Wangen brannten vor Verlegenheit und Stolz. Quiek hockte vor ihm auf dem Boden, schaute hoch und quiekte.

Heaven klatschte vor Freude in die Hände.

»Oh, Mouse! Oh, kleiner, lieber Mouse! Wie wunderschön wunderschön du bist!«

Sie schaute mir in die Augen.

»Sag's, Erin! Sag's, wie schön er ist!«

Ich bemühte mich um ein ernstes Gesicht.

»Ja«, sagte ich. »Du bist wunderschön, Mouse.«

Grampa trat ein Stück zurück und dachte nach.

»Du siehst gut aus, kleiner Helfer«, sagte er. »Dein Eimer steht an der Tür, neben meinem. Heute Nacht gehen wir graben und suchen.«

»Okay, Grampa«, sagte Mouse und hob die Hand an seine Stirn, wie zum Salut.

Heaven kicherte.

»Hast du gehört? Hast du gehört? Okay, Grampa. Wie ein echter kleiner Helfer. Oh, Mouse. Wir sind so stolz auf dich! Jetzt finden wir den Schatz noch schnell schneller!«

Sie stopfte sich eine Trüffelpraline in den Mund und hüpfte im Zimmer herum. Grampa setzte seine Pickelhaube auf und knöpfte seine Jacke zu. Heaven beruhigte sich wieder.

»Zeit zum Patrouillieren, Grampa«, sagte sie.

»Zeit zum Patrouillieren.«

Er schaute an den Regalen nach oben, zu den Kisten unterhalb der Decke. Er beugte sich vor und starrte das Brett an, wo der Fußabdruck gewesen war. Er dachte nach.

Dann holte er einen Schlüssel aus seiner Tasche, öffnete die Schublade in seinem Schreibtisch und holte ein Fleischermesser heraus.

»Wir müssen aufpassen, Heaven Eyes«, sagte er.

»Ja, Grampa. Wir müssen aufpassen.«

Sie schaute zu January und verzog das Gesicht, während Grampa das Messer in ein Tuch wickelte und es in seine Jackentasche steckte.

Grampa schloss die Schublade wieder ab. Er küsste Heaven und salutierte vor Mouse, während er durch mich und January hindurchsah, als ob wir überhaupt nicht da wären. Dann verließ er die Druckerei.

»Zieh diese bekloppten Sachen aus, Mouse«, sagte January.

Mouse blinzelte und wurde rot. Er lehnte die Schaufel an die Wand und nahm seine Kleidung vom Bett.

Heaven schüttelte traurig den Kopf.

»Gehen wir wandern und reden über Mums und Dads und Schätze, Erin«, flüsterte sie.

»Okay«, sagte ich.

Mit dem Zeigefinger deutete ich auf January und warf ihm einen warnenden Blick zu.

»Denk nicht mal dran«, sagte ich.

Er zwinkerte mir zu und sagte in der Art von Heaven Eyes: »Als ob ich das tun würde, Erin, meine besteste besteste Freundin.«

Er seufzte.

»Außerdem hab ich Hunger.«

»Es gibt Schokolade und Dosenfleisch«, sagte Heaven.

»Ha! Schokolade und Dosenfleisch!«

Er ging zur Tür.

»Ich schau mal, was ich sonst so finde, klar?«

»Sei vorsichtig«, sagte ich.

»Ha!«, sagte er wieder.

»Denk an das Messer.«

Er grinste und klopfte gegen seine Tasche, wo sein eigenes Messer steckte. Dann schlenderte er zur Tür hinaus. Heaven schüttelte wieder traurig den Kopf und nahm meine Hand.

»Dieser Janry Carr«, flüsterte sie.

Doch schon hellte sich ihre Miene wieder auf.

»Komm, Erin, erzähl mir diese lustigen Geschichten über Mums und Dads.«

Wir setzten uns in den Eingang und lehnten uns aneinander. Während Grampa patrouillierte, Jan plünderte und Mouse mit dem kleinen Quiek spielte, redeten wir über die großen Geheimnisse des Lebens.

Eine halbe Ewigkeit später kehrte Jan mit einer Kiste unterm Arm zurück. Er ließ sie vor unsere Füße plumpsen. Sie war bis obenhin voll mit Lebensmitteln und Getränken: Konservendosen mit Bohnen und Erbsen und Obst, Kekspackungen, Tomatenketchup, Milchpulver, Müsli, Coladosen, Pulverkaffee, Teebeutel.

»Das ist wie eine riesige Schatzkammer!« Er lachte.

Heaven starrte die Sachen mit großen Augen an, die Hände hatte sie an ihr Gesicht gelegt.

Jan reichte mir einen Müsliriegel und riss eine Kekspackung auf, die er Heaven anbot.

»Los«, sagte er, »nimm dir einen.«

»Diese Dinge sind für später später, Janry Carr«, sagte sie. »Sie müssen lang lang reichen.«

»Das werden sie auch! Mit dem, was da noch rumsteht, könnte man eine ganze Armee verpflegen.«

»Und es ist eine große Freude, weil es immer Kisten gibt, die man öffnen kann.«

»Eine große Freude? Na dann, los doch, nimm dir einen. Nimm einen.«

Sie kaute auf ihrer Unterlippe.

»Und was wird Grampa sagen?«

»Ha! Grampa!«

Er steckte sich einen Keks in den Mund und kaute. Dann seufzte er zufrieden. Sie streckte die Hand aus und berührte die Packung.

»Grampa wird's nicht erfahren«, flüsterte Jan. »Nimm dir einen. Los doch, trau dich.«

Sie drückte sich an mich und zog zögernd einen Keks aus der Packung. Dann führte sie ihn zum Mund und knabberte daran.

»Lecker?«, fragte ich.

»Hm-hm. Lecker lecker.«

Sie schaute in die Kiste.

»Wir müssen die Sachen verstecken«, sagte sie. »Sonst bösen sie Grampa.«

»Wo sollen wir sie denn verstecken?«, fragte Jan.

Sie deutete auf eine der größten Druckmaschinen.

»Vielleicht im Dunkeln darunter«, sagte sie. »Da kann er sie nicht sehen.«

Jan schob die Kiste über den Boden, bückte sich und verstaute sie im Schatten. Dann grinste er uns zu.

»Gute Idee, Heaven«, sagte er.

Heaven kaute auf ihrer Unterlippe und lehnte sich an mich.

»Ich bin böse«, sagte sie.

»Nein, bist du nicht«, sagte ich.

Jan zwinkerte ihr zu.

Sie schaute mich aus den Augenwinkeln an und wurde rot.

18

Nacht. Der Mond strahlte. Weit entfernt, auf den Norton Quays, spielte Musik. Heaven und ich lagen bäuchlings auf dem Boden und schauten hinunter zu den Black Middens. January drückte sich hinter uns im Dunklen herum. Mouse und Grampa platschten gemeinsam durch den Schlamm. Mouse rutschte und stolperte in seinen neuen Stiefeln. Den schweren Eimer und die Schaufel zog er hinter sich her.

»Du bist gewisslich stolz«, sagte Heaven. »Dein Freund Mouse als kleiner Helfer von Grampa.«

»Ja, Heaven.«

Ich zog einen Keks aus meiner Tasche und gab ihn ihr.

»Lecker«, sagte sie.

Sie räkelte sich und kicherte.

Wir schauten ihnen zu, zwei schwarze, glänzende Gestalten vor den schwarzen, glänzenden Middens. Wir hörten Grampas Stimme:

»Kleiner Helfer!«

»Ja, Grampa?«, rief Mouse.

»Merke: Du musst mir alles zeigen, was du findest!«

»Okay, Grampa!«

»Okay, kleiner Helfer! Dann schaufel mal los!«

Wir hörten es schlürfen und schmatzen, als sie anfingen zu graben. Ich legte meinen Arm um sie. Sie war so klein, wie eine echte kleine Schwester. Der Himmel über der Stadt glühte. Die Luft war erfüllt vom Rauschen des Flusses, vom weit entfernten Verkehrslärm und dem dumpfen, nie enden wollenden Brausen der Stadt. Mouse ging zu Grampa und zeigte ihm etwas, das er im Schlamm gefunden hatte. Grampa hielt es gegen den Mond und warf es dann in einem weiten Bogen in den Fluss. Mouse grub weiter.

»Heaven«, sagte ich. »Denkst du manchmal, dass da gar kein Schatz ist?«

»Oh, Erin. Immer fragst du Fragen.«

»Aber denkst du manchmal, dass es keinen Schatz gibt?«

»Er gräbt jede Nacht Dinge aus dem Schlamm.«

»Aber das sind keine Schätze, Heaven.«

»Nein, Erin.«

»Du denkst es, nicht wahr? Du denkst manchmal, dass es gar keinen Schatz gibt.«

»Ja«, flüsterte sie. »In Schlafgedanken denke ich das manchmal, Erin.«

Mouse fand wieder etwas. Er brachte es Grampa, und Grampa warf es in den Fluss. Mouse grub weiter. Er grub tiefer und tiefer. Der Schlammhaufen neben ihm wurde höher und höher. Wir sahen, wie Mouse immer kleiner wurde. Erst stand er bis zur Hüfte in dem Loch, dann bis zur Brust.

»Kleiner Mouse kann gut graben«, sagte Heaven.

»Das stimmt«, sagte ich. »Sei vorsichtig, Mouse!«, rief ich.

»Nicht befürchten«, sagte Heaven. »Grampa tut wachen, damit dem kleinen Helfer nichts passiert.«

Ich hielt sie sanft in meinen Armen.

»Erzähl mir von deinen Schlafgedanken, Heaven«, flüsterte ich. »Erzähl mir, was du in ihnen siehst.«

»Oh, Erin. Das sind geheime Geheimnisse.«

»Dann flüstere sie mir zu.«

»Das sind Dinge, die Grampa bösen. Das sind Dinge, die ihn wilden.«

»Flüstere sie mir zu, Heaven. Ich bin deine Schwester.«

»Du tust es niemandem erzählen?«

»Ich erzähle es niemandem.«

Sie hob ihre Hände zum Mond und atmete tief ein.

»In meinen Schlafgedanken bin ich wie ein Geist«, flüsterte sie. »Ich bin bei denen, die wie Geister sind.«

»Wer sind sie?«

»Wer kann das sagen, Erin? Sie sind nah bei mir. Sie halten und streicheln mich. Sie flüstern lieblich liebliche Dinge. Sie streicheln meine Finger und flüstern lieblich liebliche Dinge.«

»Kannst du ihre Gesichter sehen?«

»Glückliche Gesichter. Lieb und nett.«

»Wie sehen sie aus?«

»Die Lieblichste hat Haar wie Sonne und Augen wie rennendes Wasser. Sie hat Glanz am Hals und Blumen am Körper.«

»Was noch, Heaven?«

»Da ist noch einer, weiter weg. Ich sehe ihn nicht richtig. Er ist schattig wie die Schatten unter der Druckmaschine. Und da sind noch andere, groß und klein. Und ich kann auch sie nicht richtig sehen. Sie sind klein, wie die Geister jenseits des rennenden Wassers. Aber sie lachen und lächeln.«

Sie holte tief Luft und knabberte an einem Keks.

»Du darfst nie über diese Dinge reden«, sagte sie.

»Werde ich nicht.«

Sie seufzte. Wir schauten Mouse zu, der immer tiefer grub.

»Die Lieblichste ist so lieblich, Erin. Manchmal im Schlaf macht sie mich weinen.«

»Was flüstert sie dir zu, Heaven?«

»Kleine Worte. Sie sagt, ich bin schön.«

»Nennt sie dich Heaven Eyes?«

»Nein, Erin.«

»Wie nennt sie dich?«

Ihre Stimme wurde zart und leise, kaum noch hörbar.

»Sag's keinem«, sagte sie.

»Keinem«, versprach ich.

»Sie flüstert: Anna, Anna, kleine Anna.«

»Anna? Das ist dein Name?«

»Mein Name ist Heaven Eyes. Anna ist mein Name in den Schlafgedanken. Anna ist mein Lügenname. Anna ist der Name, den du keinem sagen darfst, besonders nicht Grampa.«

Sie packte meine Hand.

»Du darfst ihm nie davon sagen, Erin.«

»Hast du es ihm gesagt?«

»Einmal, lange her. Lang lange her. Er sagt, das ist Schwindel und Falschigkeit. Er hat gewildet, Erin. Wild wild. Du darfst's ihm nichts davon sagen. Nichts.«

»Nichts«, flüsterte ich.

Ich hielt sie fest. Ich dachte an all die anderen Dinge, nach denen ich fragen wollte. Der Mond schien. Mouse und Grampa gruben und glänzten. Der Schlamm schlürfte und schmatzte.

»Heaven …«, sagte ich.

»Tu nicht mehr fragen, Erin.«

»Aber Heaven …«

Ich wollte gerade nach den anderen Dingen fragen, als ein Schrei zu uns heraufdrang. Mouse krabbelte platschend aus seinem Loch und rannte über die Black Middens. Wieder und wieder rief er meinen Namen. Er schrie. Er rannte über das Floß und kletterte die Leiter hoch. Er erreichte den Rand des Kais. Zitternd und keuchend heulte er meinen Namen. Wasser und Schlamm tropfte an ihm herab.

»Erin! Erin!«

Ich sprang auf und packte ihn.

»Mouse! Was ist los, Mouse?«

Mund und Augen hatte er aufgerissen.

»Eine Leiche!«, kreischte er. »Da ist eine Leiche in den Middens, Erin!«

Er zitterte und weinte.

Unter uns stützte Grampa sich auf seine Schaufel und blickte durch das Mondlicht zu uns hoch.

19

»Mörder!«, sagte January.

Wir kauerten uns auf dem Kai aneinander. Heaven stand entsetzt neben uns.

»Mörder!«, sagte er.

Er zog das Messer und umklammerte es fest mit der Faust.

»Mörder!«, sagte er. »Das ist also sein Geheimnis. Verdammter Mörder!«

Wir starrten nach unten auf die Middens. Grampa stand über dem Loch, das Mouse gegraben hatte. Er stieg hinein, und die Schwärze seines Körpers wurde durch die Schwärze der Middens verschluckt.

»Was hast du gesehen?«, wollte January wissen.

Mouse keuchte und stammelte.

»Eine Leiche. Eine Leiche. Ich habe sie gefühlt. Ich dachte, da wär was. Hab meine Hand in den Schlamm gesteckt. Hab Finger gefühlt. Eine Hand, die hochragt. Hab sie im Mondlicht glänzen sehen. Als ob sie nach mir greifen würde. Aber eiskalt und still.«

»Still still«, flüsterte ich.

»Still still, Erin.«

»Was noch?«, fragte January. »Was ist mit dem Gesicht?«

Mouse starrte ihn an.

»Mit dem Gesicht? Das wollte ich nicht sehen! Ich wollte nicht …«

»Er kommt!«, zischte ich.

Wir schauten nach unten und sahen, wie er mit den Schaufeln und den Eimern über die Middens gestapft kam.

January packte Heaven an der Gurgel.

»Mörder!«, spuckte er ihr ins Gesicht. »Mörder! Wen hat Grampa ermordet, Heaven?«

Tränen liefen ihr über das Gesicht. Sie streckte die Arme nach mir aus.

»Erin! Erin!«

Ich zog sie von ihm weg.

»Die Axt!«, rief er. »Die Axt unter dem Tisch! Kommt mit!«

Wir rannten durch die pechschwarzen Gassen zur Druckerei. Heaven konnte nicht aufhören zu schluchzen.

»Du bist irrig!«, wimmerte sie. »Erin, sag's Janry Carr. Janry Carr ist irrig!«

Unter den ausgebreiteten Flügeln rannten wir in das Büro. Ich sah Januarys Fußabdrücke auf dem Regal. Gegenstände lagen zerbrochen auf dem Boden. January packte die Axt. Ich nahm sein Messer. Mouse und Heaven weinten. Dann standen wir da und warteten.

»Vielleicht hat er einen Haufen Leute um die Ecke gebracht«, sagte January.

Er schaute Heaven böse an.

»Sag schon!«, rief er. »Wie viele hat Grampa schon abgerieben? Wie viele hat er umgebracht?«

Sie kauerte sich hinter mich.

January fluchte und spuckte aus. Er starrte mich an. Und atmete hörbar ein.

»Ihre Familie«, sagte er. »Was ist mit ihrer Familie passiert?«

Ich packte das Messer fester.

»Keine Ahnung«, sagte ich. »Ich weiß es nicht.«

Wir sahen uns in die Augen.

»Das kann nicht sein«, flüsterte ich.

»Ach nein?«

Er griff in seine Tasche und zog ein Foto heraus. Es war eingerissen und zerknittert. Es war eine Familie: Mutter, Vater, Kinder, sie lächelten uns an. Die Mutter hatte blonde Haare, blaue Augen und trug ein Kleid mit buntem Blumenmuster. Sie hatte ein Baby in den Armen. Mir fehlten die Worte. Mein Herz hämmerte und in meinem Kopf brauste es. Ich hielt mir das Foto dicht vor die Augen und versuchte, die Finger des Babys zu erkennen. Dann stand Heaven neben mir. Mit ihren Schwimmhauthänden nahm sie das Foto an der Kante.

»Erin«, flüsterte sie. »Oh, Erin. Das sind meine Schlafgedanken, Erin.«

Sie nahm mir das Foto aus der Hand, setzte sich auf den Boden und betrachtete es verwundert.

»Ich hab's da oben gefunden«, sagte January und nickte zum Regal. Seine Augen weiteten sich. »Das ist es! Er hat sie alle umgebracht! Er ist ein verdammter Mörder!«

»Nein«, sagte ich.

»Frag doch sie.«

Ich starrte Heaven an, die zitternd auf dem Boden saß.

»Anna«, flüsterte ich.

»Tu mich nicht so namen, Erin.«

»Anna. Anna. Was siehst du sonst noch in deinen Schlafgedanken?«

»Nichts! Nichts nichts nichts! Janry Carr hat nur Lügen und Falschigkeit und Schwindel im Kopf!«

Sie stürzte sich auf ihn, die Finger zu Krallen gekrümmt. Er schüttelte sie ab und sie landete bäuchlings auf dem Boden. Er spuckte aus und fluchte und funkelte mich an.

»Du«, sagte er. »Wegen dir sind wir bei diesen Freaks, diesen Verrückten geblieben. Also sieh zu, dass du mir hilfst, mit ihm fertig zu werden.«

Wir standen da, keuchend, wimmernd, lauschend.

Und dann kamen die Schritte von Grampa durch die Nacht und näherten sich der Tür.

20

Er war schwarz wie die Middens. Wasser und Schlamm tropften von seinem Körper. Seine Schultern waren riesig breit. Klappernd warf er Schaufeln und Eimer zu Boden. Dann stand er stocksteif da und starrte uns an. January hatte die Axt hoch über dem Kopf erhoben, und ich richtete die Messerspitze auf ihn.

»Heaven«, zischte er.

»Grampa!«

»Geht's dir gut, Heaven?«

»Ja, Grampa.«

Plötzlich hielt er das Fleischermesser in der Hand.

»Komm zu mir, meine Kleine«, sagte er. »Komm weg von diesen Geistern.«

Sie stand auf und wollte zu ihm gehen. Ich packte ihren Arm und hielt sie fest.

»Sie gehört uns«, sagte January.

Er trat vor und drohte ihm mit der Axt. Grampa machte einen Schritt zurück in Richtung Tür.

»Fass sie an, und du bist tot«, sagte er.

Seine Augen wurden schmal.

»Kleiner Helfer«, sagte er.

Mouse schlotterte und wimmerte.

»Kleiner Helfer!«

»Grampa.«

»Geht's dir gut, kleiner Helfer?«

»Er hat Angst«, flüsterte ich.

»Fass ihn an, und du bist tot«, sagte Grampa.

»Mörder!«, zischte January. »Mörder!«

Grampa wischte sich den glitschigen Schlamm aus den Augen und starrte ihn an. Er streckte die Hand aus.

»Komm her, Heaven Eyes«, sagte er.

Ich hielt sie fest.

»Bleib hier, Schwester«, zischte ich. »Bleib hier, Anna.«

Ich schloss die Augen.

»Mum!«, flüsterte ich. »Mum! Mum!«

In mir erhob sich ihre Stimme: »Ganz ruhig, Erin. Ganz ruhig, dann wird alles gut.«

»Er will euch nichts tun«, sagte Heaven. »Grampa ist ein guter Grampa. Er tut nicht weh.«

Ich hörte Januarys schnellen Atem, spürte seine Todesangst, seine Erregung. Der Arm, mit dem er die Axt hielt, zuckte und zitterte. Grampa wischte sich den Schlamm aus den Augen und machte einen Schritt vorwärts.

»Grampa!«, sagte Mouse.

»Ja, kleiner Helfer?«

»Grampa, da war ein Mensch in den Middens. Ein Mensch, tief, tief vergraben.«

»Das weiß ich, kleiner Helfer. Und deshalb ist die Freude über deine Arbeit in dieser Nacht sehr groß.«

»Die Freude ist groß?«

»Sehr groß, kleiner Helfer. Denn du hast in dieser Nacht einen Heiligen gefunden. Dir ist gelungen, was Grampa in all den Jahren voller Graben nie gelungen ist.«

Er streckte die Hand aus.

»Komm zu mir«, flüsterte er. »Geh mit Heaven Eyes weg von diesen bösen Geistern, und ich werde dir alles über Heilige erzählen.«

Grimmig betrachtete er erst mich, dann January.

»Ich hab's gesehen«, flüsterte er. »Ich hab gesehen, wie ihr meine kleine Heaven Eyes böse gemacht habt. Diese beiden sind kostbar, hört ihr? Es ist Zeit, dass ihr geht. Es ist Zeit, dass ihr geht und sie hierlasst, bei Grampa, wo sie sicher sind.«

»Wir gehen nicht ohne sie«, sagte ich.

Ganz plötzlich machte er einen Schritt auf uns zu, schnappte sich mühelos Januarys Axt und schlug mir das Messer weg. Er nahm Mouse und Heaven in die Arme.

»Und nun?«, flüsterte er. »Geht ihr, oder muss Grampa euch abreiben?«

Er schob Mouse und Heaven hinter seinen Schreibtisch. Dann kam er auf January und mich zu, die Axt in der einen, das Fleischermesser in der anderen Hand. Wir wichen zur Tür zurück.

»Grampa!«, rief Heaven. »Tu ihnen nichts! Das sind meine Freunde, Grampa!«

»Freunde!«, zischte er. »Das sind Geister, die Falschigkeiten in deinen Kopf stopfen, meine Kleine. Sag ihnen, sie sollen gehen und uns in Ruhe lassen.«

Heaven weinte. In ihren Augen spiegelte sich Schmerz wider und die Liebe, die sie für uns alle empfand.

»Aber Grampa! Das ist meine Schwester!«

»Du hast keine Schwester! Du hast nichts! Du hast nur Grampa und jetzt Grampas kleinen Helfer!«

Sie schluchzte. Mouse legte den Arm um sie.

»Grampa!«, rief sie. »Oh, Grampa!« Sie hielt das Foto hoch. »Was ist das für ein Bild mit meinen Schlafgedanken? Wer sind diese Geister? Was ist mit meiner Mum und meinem Dad passiert? Was mit meinen Schwestern und Brüdern mein?«

Er erstarrte. Sein Körper wurde schlaff, seine Augen rutschten kurz weg. Dann starrte er mich an, sprach aber mit ihr.

»Was hast du gesagt, meine Kleine?«

»Was ist mit ihnen passiert, Grampa? Meine Mum, mein Dad, Schwestern und Brüder?«

Schlamm und Wasser tropfte aus seinen Augen.

»Seht ihr?«, flüsterte er. »Seht ihr, was ihr mit meiner lieben, lieben Heaven Eyes gemacht habt?«

Und dann ließ er Axt und Messer fallen und ging zu ihr. Er nahm sie in die Arme. Sie weinten, und einer nannte den Namen des anderen. Wieder und wieder und wieder.

21

January und ich standen schweigend da. Wir schauten zu, wie der große alte Mann, von dem schwarzer Schlamm zu Boden tropfte, schluchzend die zarte Heaven in seinen riesigen Armen hielt. Mouse, der ebenfalls von Kopf bis Fuß verdreckt war, kauerte an der Wand und starrte die beiden entsetzt und gleichzeitig fasziniert an. Dann ließen wir sie inmitten der Schaufeln, der Eimer, der Schätze, der Geheimnis-Kisten, des großen Buchs, der Messer und der Axt allein. Wir winkten Mouse zu uns und verließen das Büro, gingen in die Druckerei und zogen die Tür hinter uns zu.

January rieb sich die Augen.

»Träum ich, oder was?«, flüsterte er.

»Nein, du träumst nicht.«

»Und da war echt 'ne Leiche?«

»Ja«, sagte Mouse.

Wir zitterten und dachten nach. Wir gingen an den Engeln und den Adlern vorbei. Vor dem Sternenhimmel flatterten Fledermäuse. Mondlicht ergoss sich auf unsere Köpfe.

»Auf dem Regal waren noch andere Sachen«, sagte January. »Jede Menge Sachen. Zeitungen und Fotos, Notizbücher, Zeichnungen, Kleinkram. Die Kisten sind voll davon.«

»Schätze«, sagte ich. »Sachen aus ihrer Vergangenheit.«

»Ja. Schätze. Ich hab sie gerade entdeckt, als Mouse anfing zu schreien.«

Still standen wir unter dem Mond und waren überwältigt von diesem Ort, an den wir gelangt waren, überwältigt von dem, was wir hier gefunden hatten.

»Wir könnten einfach los«, sagte January. »Wir könnten mit dem Floß einfach auf und davon.«

»Das geht nicht«, sagte ich.

»Ja«, sagte er. »Weiß ich auch.«

Wir setzten uns in den Eingang zur Druckerei und schauten über den Fluss. Mouse rollte sich zusammen und schlief ein. January lachte.

»Guck ihn dir an. Als ob er hier zu Hause wäre. Er kann wirklich immer und überall schlafen.«

»Wie ein Siebenschläfer«, sagte ich grinsend.

Wir lehnten uns aneinander.

»Ich träume ständig, dass du weg bist«, sagte ich. »Dass du ganz allein aufs Meer hinausfährst.«

»Hätte ich auch beinahe gemacht. Beinahe wär ich aufs Floß gesprungen und allein losgefahren. Wär ganz einfach gewesen.«

»Aber du hast es nicht gemacht.«

»Vielleicht, weil ich nicht kann.«

Er zuckte mit den Schultern.

»Ich kann dich nicht alleinlassen, Erin.«

Wir schauten uns in die Augen.

»Ich weiß«, sagte ich. »Und du weißt, dass ich eines Tages mit dir gehen werde. Egal wohin. Ich werde mit dir bis an den Rand des Todes gehen. Das weißt du doch, oder?«

»Ja«, sagte er. »Das weiß ich, Erin.«

Wir schauten auf den sternenglitzernden Fluss. Wir verloren uns in unseren Gedanken, in unseren Erinnerungen, unseren Geheimnissen und Träumen. Ich kehrte zurück in den kleinen Garten in St. Gabriel und fühlte Mums Arm um mich. Wo January wohl war? Vielleicht wurde er, eingewickelt in Decken, in einem Pappkarton durch eine bitterkalte Winternacht getragen.

Wir schwiegen lange. Der Mond wanderte über den Himmel. Der gedämpfte Klang des Verkehrs drang zu uns. Und weit entfernte Musik.

Ich fühlte, wie January sich beruhigte, wie seine Wut, seine Angst und seine Erregung verebbten.

»Erin«, flüsterte er.

»Ja.«

»Glaubst du, dass wir irgendwann alles wissen, was es über uns zu wissen gibt?«

Ich dachte an die wunderschöne, verängstigte junge Frau, die die Stufen der Krankenhaustreppe nach unten läuft, hinein in die winterliche Dunkelheit. Ich dachte an einen Mann in einem Kutter, der über den Fluss tanzt, hinaus aufs Meer.

»Ich weiß nicht«, sagte ich und nahm seinen Arm. »Ich denke, es wird immer Dinge geben, die wir nicht wissen. Viele Dinge. Aber vielleicht wird eines Tages, wenn du es am wenigsten erwartest, deine Mum vorbeikommen und *Hallo, ich bin deine Mum* sagen.«

»Ja«, sagte er. »Ganz bestimmt.«

»Ja.«

Er setzte sich auf und schaute mich an.

»Sie liebt mich immer noch, Erin, und will mich bei sich haben. Eines Tages kommt sie mich holen.«

Dann sackte er in sich zusammen und lehnte sich an mich.

»Ich habe gar nichts, weißt du«, sagte er.

»Gar nichts?«

»Keine Schätze. Keine Fotos. Keine Ohrringe. Keinen Lippenstift. Nichts. Nicht mal eine Erinnerung. Nur Träume und blöde Gedanken und blöde Hoffnungen.«

»Du hast deine Freunde.«

»Mag sein.«

»Klar doch. Du hast Freunde, die dich lieben.«

Er zitterte und weinte.

»Manchmal«, sagte er, »würde ich am liebsten alle hassen. Ich will sie hassen und ihnen weh tun, damit sie mich auch hassen.«

Ich lächelte.

»Ich weiß«, sagte ich. »Aber du kannst sie nicht hassen, richtig?«

»Nein. Nicht mal das kriege ich hin.«

Wir schwiegen wieder. Mum kam zu uns. Ich fühlte ihren Atem auf meiner Wange. Sie legte die Arme um mich und January, und gemeinsam saßen wir halb schlafend, halb wachend im Mondlicht und verloren uns in dieser Freude und dieser Angst, in einer rätselhaften Welt zu leben.

22

Und dann kam die Dämmerung. Die Sterne verblassten, und anstelle von Fledermäusen flatterten Tauben und Spatzen über uns hinweg. Am Wasser kreischten Möwen. Überrascht blickten wir uns an. Wir lächelten. Wir standen auf. Sanft rüttelten wir Mouse wach.

»Gott weiß, was da drin passiert ist«, sagte Jan.

Wir gingen zurück zum Büro. Es drang kein Laut nach draußen. Vorsichtig öffneten wir die Tür. Grampa saß mit Heaven auf dem Boden. Er hatte seinen Arm um ihre Schultern gelegt. Neben ihnen standen offene Kisten. Heaven hielt ein Foto in ihrer Schwimmhauthand.

»Erin«, sagte sie, »ich dachte, du bist mit Janry Carr weggegangen.«

Ihre Augen leuchteten hell und waren voller Tränen.

»Oh, Erin«, sagte sie.

Sie drehte sich zu Grampa, und er nickte und senkte den Blick.

Ich setzte mich neben sie. Sie zeigte mir das Foto. Es war verblasst und zerknittert, aber ich erkannte die Familie: Mutter, Vater, und vor ihnen vier Kinder. Sie schob es dicht vor meine Augen.

»Augen nah nah«, sagte sie, »dann kannst du eine winzige Heaven Eyes sehen.«

Ich schaute genau hin. Das kleinste der Kinder. Sie hatte helle Haare, helle Augen, blasse Wangen. Sie hatte winzige Hände mit Schwimmhäuten zwischen den Fingern und zwischen ihren winzigen Zehen auch. Sie saß auf dem Schoß der Frau, und die Hände der Frau hielten sie zärtlich fest.

»Das bin ich«, sagte Heaven.

»Das bist du.«

»Ich kann nicht viel sagen, Erin.«

»Das musst du auch nicht«

Ich schaute Grampa an.

»Ist sie das?«, fragte ich.

»Ja«, sagte er. »Das ist Heaven.«

Sein Blick war voller Erinnerungen, voller Geheimnisse, voller Scham.

»Alles war Falschigkeit«, sagte er. »Alles Schwindel.«

Heaven fuhr mit dem Finger über sich selbst, wie sie einmal gewesen war, über ihre Mutter, ihren Vater, ihre Schwester, ihre Brüder.

»Mein Name ist Anna«, sagte Heaven Eyes.

Sie biss sich auf die Lippen. Ihr Name. Anna.

»Anna«, flüsterte sie. »Anna. Anna. Es tut sich komisch komisch in meinem Mund anfühlen. Anna. Anna.«

»Du warst ein süßes kleines Baby«, sagte ich.

January nahm das Foto und betrachtete es.

»Stimmt«, sagte er. »Du warst echt süß, Anna.«

»Ich war kein fischiges, froschiges Ding tief aus den schwarz schwarzen Black Middens.«

»Nein. Du warst ein fischiges, froschiges Ding wie ich, das tief in seiner Mum heranwuchs.«

Sie nahm das Foto wieder, berührte das Gesicht der Frau. Sie war verlegen, voller Freude, voller Angst.

»Das ist meine Mum«, flüsterte sie. »Mein Dad. Brüder mein, meine Schwester.«

Es gab noch andere Fotografien, allesamt verblasst, zerknittert, eingerissen, als ob sie im Wasser gelegen hätten. Sie zeigten dieselben Personen, in anderen Situationen, mal in einem Wohnzimmer, alle kichernd auf dem Sofa, mal nur die Kinder, dann wieder nur die Eltern. Es gab ein Foto der Eltern an ihrem Hochzeitstag, sie ganz in Weiß mit einem Schleier, er in einem schwarzen Anzug. Beide grinsten breit. Eins zeigte die Familie auf einem kleinen Segelboot, wie sie alle am Mast standen. Sie trugen Regenkleidung und Schwimmwesten, selbst die kleine Anna. Der Wind peitschte ihre Haare, und hinter ihnen tanzte das Meer.

Wir schauten die Fotos an, betrachteten Annas Vergangenheit.

»Du warst sehr glücklich«, sagte ich.

»Das stimmt.«

Sie nahm meinen Arm.

»Aber mein Geist flattert wie ein Taubenflügel und wirbelt herum wie rennendes Wasser und tanzt wie tanziger Staub. Ich weiß nicht, ob ich jetzt glücklich bin.«

»Du hattest eine liebe Mum«, sagte ich. »Und einen lieben Dad. Du hattest liebe Brüder und eine liebe Schwester. Andere würde alles dafür geben, so viel zu besitzen. Das ist dein Schatz, Anna. Du hast deinen Schatz gefunden.«

Sie strich über das Gesicht ihrer Mum.

»Mum«, flüsterte sie. »Mum. Mum.«

Grampa senkte den Kopf. Tränen tropften aus seinen Augen.

»Ich war irrig«, sagte er. »Ich habe das alles für dich gemacht, meine Kleine. Alles für dich, damit du immer glücklich im Herzen bist. Und jetzt schau die Tränen an, die du weinst.«

»Und du, Grampa.«

Sie streckte die Arme aus und legte sie um ihn. Eng umschlungen saßen sie da.

Ich zog eine Zeitung aus einer der Kisten. Sie war zehn Jahre alt. Der Artikel erzählte von einer Familie, die auf dem Meer verschollen war. January fluchte. Wir legten die Zeitung wieder in die Kiste und schauten uns an.

»Die Leiche«, sagte Jan schließlich. »Wir müssen sie wiederfinden.«

»Du machst wohl Witze«, sagte ich. Aber ich wusste, dass er es ernst meinte.

23

Mouse blieb bei Grampa und Heaven.

»Du bist ja irre«, sagte ich, als ich mich mit January auf den Weg machte.

»Ja«, sagte Jan. »Das sagst du immer.«

Er grinste wie verrückt.

»Wo ist deine Abenteuerlust geblieben, hm?«

Ich lachte und boxte ihm gegen den Arm.

»Ich bin froh, dass du nicht allein weggefahren bist«, sagte ich.

»Ich auch.«

Er lächelte.

»Lass uns ein Abenteuer erleben«, sagte ich.

»Ja. Du und ich.«

Ich erschauerte und grinste.

»Du und ich«, sagte ich. »Du und ich und die Leiche in den Middens.«

Wir hoben die Schaufeln auf, die Grampa fallen gelassen hatte, traten durch die Tür und gingen zum Kai. Die Sonne lugte schon über den östlichen Horizont, dort wo man das Meer erahnte.

»Was, wenn es Mord war?«, fragte ich.

»Meinst du, es war Mord?«

»Hast du schon vergessen, wie er letzte Nacht drauf war? Er würde alles tun, um Heaven zu beschützen.«

»Dann war es Mord.«

»Und was sollen wir machen?«

»Machen?«

»Na ja, die Polizei. Man muss doch was machen, wenn es Mord war.«

»Er nennt es abreiben.«

»Egal, wie er es nennt, es ist trotzdem Mord.«

»Hölle und Granaten, Erin. Finden wir es doch erst mal raus. Dann können wir immer noch darüber nachdenken, was wir machen sollen.«

Wir kamen zum Kai. Seit letzter Nacht war die Flut gekommen und wieder gegangen. Das Floß lag auf dem Schlamm. Die Löcher in den Middens waren gefüllt. Auf der anderen Seite des Flusses joggten zwei Frühaufsteher über den Radweg. Jan lachte.

»Geister, was?«, sagte er.

Wir schauten nach unten. Jan murmelte vor sich hin und versuchte herauszufinden, wo Mouse letzte Nacht gegraben hatte.

»Die Stelle finden wir nie«, sagte ich.

»Gibst du schon auf?«, fragte er.

»Natürlich nicht.« Ich zuckte mit den Schultern.

»Wir finden sie. Komm schon.«

Er stieg die uralten Sprossen nach unten. Ich folgte ihm. Er ging voraus in Richtung Wasserlinie, zum Rand des festen Bodens, danach sackten unsere Füße immer weiter im weichen Morast ein.

»Ich glaube, hier irgendwo«, sagte er.

Ich starrte ihn an.

Er lachte.

»Okay, kleiner Helfer! Dann schaufel mal los!«

Wir fingen an zu graben. Eine Schaufel voll öligem schwarzem, stinkendem Schlammwasser nach der anderen gruben wir um. Unsere Schaufeln schlürften und schmatzten. Nach wenigen Sekunden waren wir von oben bis unten verdreckt. Wir standen bis zu den Knöcheln im Schlamm, dann bis zu den Schienbeinen, den Knien. Wir häuften den Schlick rechts und links der Grube auf. Wir gruben tiefer und tiefer. Ich schaute zu Jan, und er johlte wie ein wildgewordenes Schlammmonster. Die Sonne stieg immer höher, der Tag wurde immer wärmer und der Gestank nach Öl und Fäulnis und Fäkalien wurde immer heftiger. Wir würgten. Wir spuckten schwarze Spucke in den Schlamm. Der Dreck verklebte uns die Augen und die Ohren und setzte sich in unseren Poren ab. Ich fragte mich, was wir da taten. Ich sagte mir, dass Mouse sich geirrt haben musste, dass es gar keine Leiche gab, dass es hier nichts gab außer Steinen und Porzellanscherben und dem ganzen anderen Abfall, den wir ausgruben und wegwarfen. Ich sagte mir, dass wir einfach zum Büro zurückgehen und Heaven überreden sollten, mit uns zu kommen. Oder wir konnten zur Polizei gehen und sie herbringen. Sollten sie doch das Rätsel lösen. Alles war besser, als in diesen dreckigen Black Middens herumzuwühlen und eine Leiche zu suchen, die ich überhaupt nicht finden wollte. Aber ich grub und spuckte und wischte mir über das Gesicht, grub tiefer und tiefer, bis ich das alles so satt hatte und Jan gerade sagen wollte, dass ich aufgab. Und da sah ich die Fingerspitzen aus dem schwarz schwarzen Schlamm ragen.

Wie der Blitz war ich aus dem Loch heraus und starrte über den Fluss, wo die wirkliche Welt war, zu der Brücke mit den glänzenden Autos, den Dächern und Türmen der tosenden Stadt.

»Erin!«

Ich wandte den Kopf.

Er kraxelte aus seinem eigenen Loch.

»Erin?«

Ich nickte. Ich konnte nicht hinschauen.

»Ja«, flüsterte ich. »Ja.«

Er kniete sich hin.

»Wo?«, fragte er.

»Da. Da drin.«

Er ließ sich in mein Loch gleiten und schaufelte den Schlamm mit seinen bloßen Händen heraus. Und als ich ihn stöhnen hörte, wusste ich, dass er sie gefunden hatte.

24

»Sie ist nicht echt«, sagte er.

»Hä?«

»Sie ist nicht echt. Es ist 'ne Puppe oder 'ne Statue oder so was. Sie ist aus Leder oder Holz. Es ist keine Leiche. Sie ist nicht echt.«

Er kletterte aus dem Loch und kniete sich neben mich.

»Mach schon«, sagte er. »Geh runter und überzeug dich selbst.«

Ich konnte immer noch nicht in das Loch schauen.

»Mach schon, Erin«, sagte er.

Ich holte tief Luft und stieg wieder hinunter. Jetzt ragte eine ganze Hand aus dem Schlamm. Sie glänzte in der Sonne. Ich sah die Kreise und Linien auf den Fingerspitzen und der Handfläche. Ich strich darüber, und tatsächlich: Es war eine Art Leder, keine Haut oder Fleisch oder Knochen. Die Hand lag dort, als warte sie auf ein Geschenk, eine Opfergabe, irgendetwas, das dort hineingelegt werden sollte.

»Siehst du?«, sagte Jan.

»Ja.«

Ich grub rings um die Hand herum, legte einen Unterarm frei, einen Ellbogen, und alles war mit dieser glatten, zarten, lederartigen Haut überzogen. Sie glänzte in der Sonne. Ich starrte die Gliedmaßen an, sie waren wunderschön, so lebensecht. Wie eine Kopie des Lebens, die man hier in den Black Middens vergraben hatte, damit jemand wie January und ich sie finden. Ich kratzte noch mehr Schlamm weg. Ein Oberarm, eine Schulter, eine Brust, ein wundervoll geformter Brustkorb mit der merkwürdigen Haut darüber. Jan sah mir zu und holte tief Luft. Ich drehte mich zu ihm um.

»Was hat Grampa gemeint?«, flüsterte ich. »Was hat er gemeint, als er gesagt hat, Mouse hätte einen Heiligen gefunden?«

Seine Augen waren riesengroß. Er war völlig fasziniert von diesem wunderschönen Ding, das da aus den Middens zum Vorschein kam.

»Keine Ahnung, Erin.«

Ich schob noch mehr Schlamm beiseite. An seinem Körper klebten Stofffetzen, die rissen, als ich sie saubermachen wollte. Dann war da noch ein Stück Metall, eine Art Schnalle oder so etwas. Ich hielt sie zwischen meinen Fingern gegen die Sonne und reichte sie schließlich nach oben, wo Jan sie entgegennahm. Ich fand auch kleine Münzen, die ich abwischte und ebenfalls nach oben gab, und eine zweite Schnalle an seiner Brust.

»Was ist das?«, fragte Jan, als ich ihm die Schnalle gab. »Was haben wir da gefunden, Erin?«

Ich schaufelte immer mehr Schlamm weg. Irgendwann hielt ich inne. Ich betete. Ich flüsterte zu Mum. Und dann schob ich den Morast von der Stelle weg, wo das Gesicht sein musste.

Sein Kopf lag im schwarzen Schlick. Die Wangen waren eingesunken, die Augen geschlossen. Die Lippen bildeten eine friedliche, gerade Linie. Schwarzes Haar fiel ihm in die Stirn. Das Gesicht glänzte und fing das Licht ein. Es war still still, so still still, und es lag da im

Schlamm, der Sonne zugewandt, als ob es auf etwas wartete, als ob sich die Augen jeden Moment öffnen und in meine blicken würden. Ich strich mit den Fingerspitzen über dieses wunderschöne Gesicht. Ich wusste jetzt, dass es keine Puppe und auch keine Statue war. Es war ein toter Mann, der vor vielen Jahren von den Black Middens verschluckt worden war, konserviert durch Schlamm und Öl. Ein wunderschöner junger Mann aus einer längst vergangenen Zeit.

Ich kletterte hoch zu January.

»Das ist ein Mensch«, flüsterte ich. »Er ist bloß nicht verwest.«

Wir schauten nach unten.

»Eigentlich sollten wir Angst haben«, sagte ich.

»Ich weiß.«

»Aber er ist wunderschön, nicht wahr?«

Jan lächelte und schüttelte ungläubig den Kopf.

»Wunderschön wunderschön, was?«

»Was machen wir jetzt?«

»Ich habe wirklich nicht die geringste Ahnung, Erin.«

Wir rieben die Schnallen und die Münzen sauber und betrachteten sie.

»Gar nicht so alt«, sagte January. »Vielleicht hundert Jahre oder so was.«

»Nicht von Grampa ermordet.«

»Nicht von Grampa ermordet.«

Er starrte auf den menschenleeren Fluss, der vorbeiströmte.

»Vielleicht aus der Zeit, als es hier noch hoch herging«, sagte er, »als hier jede Menge Schiffe durchfuhren. Als auf den Kais und in den Werften viele Männer arbeiteten. Vielleicht ist er einfach ins Wasser gefallen, und keiner hat's gemerkt.«

»Vielleicht haben sie wochenlang nach ihm gesucht und konnten ihn nicht finden. Sie dachten, er läge auf dem Grund des Flusses oder sei ins Meer hinausgetragen worden.«

January betrachtete die Schnallen.

»Die sind von einem Overall«, sagte er. »Ganz bestimmt. Um einen Overall zu verschließen.«

»Ein Arbeiter«, sagte ich.

»Ein Arbeiter.«

Wir betrachteten die Ufer des Flusses, wo die Lagerhäuser und Fabriken gestanden hatten. Gegenüber war eine hübsche Grünanlage angelegt worden, mit Rasenflächen und Büschen, Fuß- und Fahrradwegen. Wo früher große Kräne und Ladebuchten gewesen waren, standen neue Pubs und Clubs. Weiter flussaufwärts wartete das Brachland mit den verfallenen Kais darauf, geräumt zu werden. Hinter uns ragten noch mehr verfallene Fabriken auf, wie beispielsweise die Druckerei. Auch hier würde das Abrisskommando alles dem Erdboden gleichmachen. Wir schauten wieder nach unten, wo der wunderschöne junge Mann im Schlamm lag, der Mann aus einer Zeit, die es nicht mehr gab.

»Vielleicht hatte er Kinder«, sagte ich, »und eine Frau. Vielleicht haben sie auf ihn gewartet, aber er kam nie wieder.«

»Wer war er?«

»Das werden wir nie erfahren.«

»Ein Geheimnis.«

»Was sollen wir machen?«

»Wir könnten ihn hier lassen. Wir könnten ihn wieder vergraben. Oder wir holen ihn raus.«

Wir sagten nichts weiter. Gemeinsam stiegen wir nach unten und lösten ihn vorsichtig aus dem Schlamm. Wir arbeiteten behutsam und langsam. Wir schoben unsere Hände unter seinen Körper und befreiten ihn aus den Middens. Als wir seine Lederstiefel sahen, die genauso wie sein Körper erhalten waren und die noch an seinen Füßen steckten, lächelten wir. Wir hoben ihn hoch und trugen ihn aufs Trockene. Wir dachten, er wäre steif und sperrig, aber als wir ihn anhoben, war sein Körper noch beweglich. Seine Glieder waren biegsam. Wir legten ihn auf das Floß, mit dem Gesicht der Sonne entgegen. Wir setzten uns neben ihn und strichen mit den Händen über seine Haut. Wir berührten sein Gesicht, tasteten über seine Stirn, kämmten mit den Fingern vorsichtig durch seine Haare. Mit Flusswasser wuschen wir den Schlamm von seinem Körper. Er sah mit jeder Sekunde lebendiger aus. Dann hoben wir ihn hoch und trugen ihn über die morschen Stufen hinauf auf den Kai.

25

Nachdem wir ihn im Ouseburn saubergemacht hatten, wuschen wir die Middens auch von uns ab. In der Druckerei, ganz in der Nähe des Büros, räumten wir eine Stelle von Schutt und Unrat frei und legten ihn dort unter die ausgebreiteten Flügel eines Engels. Die Münzen und Schnallen ordneten wir neben seinem Kopf an, und an seiner Seite schrieben wir mit den Lettern aus Metall:

Der HEilige

Währenddessen stieg die Sonne höher und warf durch die zerbrochenen Oberlichter und den tanzenden Staub ihre Strahlen auf ihn. Irgendwo zwischen den Maschinen sang ein Vogel. Der Mann lag da, als würde er schlafen und jeden Moment die Augen aufschlagen, die Arme und Beine strecken, sich aufsetzen und wieder seinen Platz in der Welt einnehmen.

Es war schon Nachmittag, als wir ins Büro gingen. Heaven und Mouse betrachteten immer noch Heavens Schätze. Grampa saß über ihnen an seinem Schreibtisch und blätterte durch die Seiten seines großen Buchs.

»Wir wollen euch was zeigen«, sagten wir.

Wir führten Mouse und Heaven zwischen den alten Maschinen hindurch. »Wer ist das?«, fragten sie flüsternd.

»Ein Geheimnis«, sagten wir. »Ein Arbeiter.«

Erschreckt und fasziniert betrachteten sie ihn.

Dann kam Grampa. Er lief langsam. Immer noch klebte der Schmutz der Middens an ihm. Er ging in die Hocke, dann kniete er sich hin und schaute den toten Mann an.

»Große Freude«, sagte er. »Große Freude, kleiner Helfer. Du hast wahrhaftig einen Heiligen gefunden.«

»Einen Heiligen?«, fragte Mouse.

»Es gibt Geheimnisse und es gibt Schätze und es gibt Heilige, und alle wollen gefunden werden. Diese Heiligen sind aus der Vergangenheit, aus einer Zeit lange vor Grampa, vor Heaven Eyes, vor uns allen.«

Er betrachtete Mouse. Dann streckte er die Hand aus und strich sanft über seine Wange.

»Einmal, vor langer Zeit, habe ich gehört, dass diese Heiligen in den Middens darauf warten, entdeckt zu werden. Aber es braucht jemanden wie dich, mit viel Liebe im Herzen, um einen zu finden. Ich muss dir danken, kleiner Helfer, dass du diesen Heiligen aus der tiefen, tiefen Dunkelheit geholt und zu mir gebracht hast.«

Er schloss die Augen. Vielleicht betete er. Als ich diesen merkwürdigen Personenkreis, der sich um die Gestalt auf dem Boden der Druckerei versammelt hatte, betrachtete, drehte sich alles in meinem Kopf. Ich sagte mir, dass ich träumte, dass ich mir das alles nur einbildete. »Das ist völlig unmöglich«, flüsterte ich. Dann dachte ich an Wilson Cairns Worte, kurz bevor wir weggelaufen waren: Es ist möglich. Es ist möglich. Ich dachte daran, wie seine Augen durch uns hindurchgestarrt hatten, zu einem großartigen, faszinierenden Ort. Ich dachte an seine letzten Worte: Schau weiter. Und ich schaute. Und dann ertönte von irgendwo ein lautes Brüllen und Rasseln, als ob sich eine riesige Maschine nähern würde.

Grampa streckte die Arme nach Heaven aus.

»War ich ein guter Grampa?«, flüsterte er.

Sie umklammerte ihn.

»Du bist ein wunderbar wunderbarer Grampa«, sagte sie.

»Du hast jetzt deine Schätze gesehen.«

»Ja, Grampa.«

»Ich hab dir vieles verschwiegen.«

»Ja, Grampa. Viel vieles.«

»Und ich muss dir noch viel mehr zeigen.«

Er schaute zu mir.

»Deine Freundin versteht es«, sagte er.

»Ja«, sagte ich. »Ich verstehe, Grampa.«

Er seufzte und ließ den Kopf hängen.

»Heaven Eyes?«, flüsterte er.

»Ja, Grampa?«

»War es eine große Falschigkeit, dass ich diese Dinge vor dir verborgen habe?«

»Es gibt keine Falschigkeit, Grampa. Du bist der Wächter. Du tust über mich wachen.«

Er seufzte.

»Ja, meine Kleine. Ich bin der Wächter. Ich wollte nur über dich wachen.«

Wieder seufzte er, ganz tief. Er sah alt aus, sehr alt. Er schaute mich an. Dann January. Dann Mouse.

»Sind dies deine Brüder und deine Schwester, Heaven Eyes? Sind dies die Brüder und die Schwester, die zu dir zurückgekehrt sind?«

Heaven flüsterte: »Willst du mein Bruder sein, Mouse Gullane?«

»Ja«, sagte Mouse.

»Willst du mein Bruder sein, Janry Carr?«

»Ja«, sagte January.

»Ja«, sagte Heaven. »Das ist meine Schwester. Das sind Brüder mein. Sie sind zu mir zurückgekommen, Grampa.«

»Wundervoll«, sagte er. »Wundervoll wundervoll.«

Er schaute mir fest in die Augen.

»Du wirst nun über Heaven Eyes wachen, nicht wahr?«

»Ja. Wir werden auf sie aufpassen.«

»Und du wirst ihr alles sagen, was gesagt werden muss?«

»Ja.«

Tränen rannen über den schwarzen Dreck auf seinen Wangen.

»Es gibt auch Wahrheit«, sagte er. »Es gibt die Wahrheit, dass ich dich in jener mondigen Nacht auf den schwarzen Black Middens gefunden habe. Es gibt die Wahrheit, dass ich dich hierhergebracht und für dich gesorgt habe.« Er senkte den Blick. »Ich habe kleine Schätze bei dir gefunden, in deinen Taschen, und ich habe sie vor dir verborgen, meine Heaven Eyes. Ich habe geglaubt, dass dein Herz so glücklicher sein würde.«

»Und ich war immer glücklich, Grampa. Glücklich glücklich.«

Er streichelte ihre Wange. Dann senkte er die Hand und streichelte die Wange des Heiligen.

Und dann flüsterte er, leiser als leise:

»Vielleicht ist es Zeit, dass du das rennende Wasser überquerst und in die Welt der Geister gehst, meine Kleine.«

»Oh, Grampa«, sagte sie. »Oh, mein Grampa.«

Sie hielten sich ganz fest.

Ich hob den Kopf und lauschte. Das laute Rasseln und Brüllen kam immer näher.

26

Ganz allein ging ich durch die uralten Gassen. Ich ging weg vom Fluss, hinter die Druckerei, durch die verfallenen Lagerhäuser, Schuppen, Fabriken und Büros. Ich kletterte über eingestürzte Mauern und duckte mich unter durchhängenden Dächern, sprang über breite Spalten und Schlaglöcher. Ich las die verblassten Schilder von Schlossereien, Schiffsbauern, Seilereien, Schuhmachern, Kohlehändlern, Schiffsausrüstern, Nagel- und Schrauben- und Kabel-Fabrikanten, Tee- und Gewürzhändlern. Hier und da huschten Ratten davon. Abgemagerte Hunde lugten scheu aus den Schatten. Dürre Katzen fauchten und machten einen Buckel. Tauben flatterten und gurrten. Krähen pickten und krächzten. Und durch das ewigwährende, dumpfe Dröhnen der Stadt rückte das Brüllen und Rasseln immer näher. Und dann sah ich ihn, den riesigen Kran, der vom Stadtrand auf uns zukam. Ich kauerte mich in einen Türrahmen und sah, wie er näher kam. Er bewegte sich langsam, aber unerbittlich. Unter seinen mächtigen Raupenrädern zerbrach und splitterte der Boden. An seinem Ausleger baumelte eine große Metallkugel. Etwa fünfzig Meter von mir entfernt blieb er stehen. Ein junger Mann in Jeans, T-Shirt und einem roten Helm sprang aus dem Führerhaus. Er zündete sich eine Zigarette an, zog eine Zeitung aus der Tasche, setzte sich in die Sonne und wartete. Ich wartete ebenfalls. Und dann tauchte der nächste Kran auf und schob sich unaufhaltsam auf uns zu.

Ich rannte zurück zur Druckerei. Grampa saß in seiner Uniform im Büro und schrieb in sein großes Buch, er murmelte etwas über den Heiligen, über den großen Schatz, den Mouse Gullane in den schwarz schwarzen Black Middens gefunden hatte. Heaven und Mouse ließen sich Pralinen und Kekse schmecken. January kniete auf dem Boden, neben ihm lag ein hoher Stapel mit Grampas Notizbüchern und ein kleiner Stapel mit Zeitungen. Er legte alles in eine der Kisten vom obersten Regalbrett.

»Wo warst du?«, fragte er.

»Es wird alles abgerissen«, sagte ich.

Ich sagte ihm, was ich gesehen hatte und was ich vermutete.

»Heute nicht mehr«, sagte er. »Heute ist es zu spät, um mit der Arbeit anzufangen.«

»Ja. Aber morgen.«

Wir schauten zu Heaven und Grampa.

»Was sollen wir tun?«, flüsterte er.

Ich schüttelte den Kopf. Wir teilten uns eine Packung Kekse. Wir lauschten und behielten die Tür im Auge, weil wir befürchteten, dass jeden Moment Arbeiter mit Schutzhelmen hereinkommen könnten. Aber keiner kam. Der Nachmittag verging.

»Und endlich sind Heavens Brüder und ihre Schwester zu ihr gekommen«, murmelte Grampa, während er schrieb. »Und sie werden sie mitnehmen über das rennende Wasser in die Welt der Geister.« Unentwegt schrieb er, unentwegt murmelte er. Dann wurde seine Hand langsamer. »Und Grampas Wachdienst ist vorbei«, flüsterte er. »Liebe. Grampa und Heaven Eyes. Liebe, Liebe, Liebe …«

Der Stift fiel aus seinen Fingern auf das Buch.

Er schaute zu Heaven Eyes hinunter.

»So lieb«, flüsterte er. »So lieb lieb.«

Dann schloss er die Augen und legte seinen Kopf auf das Buch.

»Grampa«, sagte Heaven, die sich mit einem Mal zu ihm umdrehte. »Grampa. Mein Grampa!«

Sie sprang auf und rannte zu ihm.

Aber Grampa blieb still. Still still.

27

Alles sollte verschwinden. Die Druckerei, die Lagerhäuser, die Fabriken, die Büros und die Schuppen. Die riesigen Druckmaschinen mit den Adlern und den Engeln würden in ein Museum kommen. Der Schutt würde entsorgt werden. Der Boden aufgerissen und geebnet. Glänzende neue Bürogebäude würden in den Himmel schießen, mit Pubs, Clubs und Restaurants. Rad- und Fußwege sollten angelegt werden und ein Rasenstück mit kleinen Schildern, die beschrieben, wie es hier früher einmal ausgesehen hatte. Daneben sollte es Anleger geben, wo hübsche Segelboote auf den Wellen schaukelten. Die Sonne schien, und diese wunderschöne neue Welt glänzte. Neben dem glitzernden blauen Fluss gingen Menschen spazieren. Wir konnten uns das gut vorstellen, January, Mouse und ich, an diesem späten Nachmittag, als wir Heaven eine Weile mit Grampa allein ließen. Wir sahen es auf den großen Werbetafeln, die man neben den wartenden Kränen aufgestellt hatte. Wir standen da und dachten über den rätselhaften Grampa nach, über seinen Tod, über den rätselhaften Heiligen und die rätselhafte neue Welt, die schon bald Wirklichkeit werden würde.

Als wir zu Heaven zurückkehrten, saß sie neben der Kiste mit ihren Schätzen.

»Er hat es mir gesagt«, sagte sie. »Er hat mir gesagt, eines Tages ist er still still, und dann muss ich über das rennende Wasser gehen.«

Sie nahm meine Hand.

»Woher hast du gewusst, wann du zu mir kommen musst?«, fragte sie.

»Ich weiß nicht, woher wir es wussten«, sagte ich. »Es war January, der das Floß gebaut und uns mitgenommen hat.«

»Janry Carr«, sagte sie. »Mein Bruder Janry Carr.«

Wir hatten keine Ahnung, was wir mit Grampa machen sollten. Er lag auf seinem Buch, und wir legten seine Stifte neben ihn. Wir stellten seine Schaufeln und Eimer ordentlich hin. Als es Abend wurde, zündeten wir neben ihm Kerzen an. Wir sprachen Gebete. Wir sagten, dass er ein guter Grampa gewesen war, ein guter Wächter.

Ich saß neben Heaven und hatte den Arm um sie gelegt.

»Grampa ist fort«, sagte sie.

»Ja, Heaven.«

»Er ist fort, aber er tut immer in meinem Herzen bleiben.«

»Ja, Heaven.«

»Und ich werde viel um ihn weinen, aber in meinem Herzen werde ich mich für ihn freuen.«

Wir betrachteten ihre Fotos, ihre Familie.

»Du musst *Mum. Mum* flüstern«, sagte ich zu ihr.

»Warum denn?«, fragte sie.

»Versuch's einfach«, sagte ich. »Mum. Mum.«

Sie holte tief Atem.

»Mum«, flüsterte sie. »Mum. Mum.«

Sie biss sich auf die Lippe.

»Fühlt sich komisch komisch an in meinem Mund«, sagte sie. »Mum. Mum.«

»Einfach weiterflüstern«, sagte ich. »Versuch's, Anna.«

Ihre Mum lächelte uns aus dem Foto an.

»Sie ist eine hübsche Mum«, sagte Heaven.

»Ja«, sagte ich.

»Mum. Mum.«

»Sag es sanft sanft«, sagte ich.

»Mum. Mum.«

Ich fühlte, wie Heavens Geist sich entspannte, sie aber auch eine neue Erregung ergriff.

»Was ist diese neue Komischkeit in meinem Kopf?«, fragte sie.

»Komischkeit?«

»Komischkeit, wenn ich *Mum. Mum* flüstere.«

Ich lächelte sie an.

»Vielleicht ist es deine Mum«, sagte ich. »Vielleicht findet sie den Weg zurück in dein Herz und in deinen Kopf.«

»Oh, Erin. Sie flüstert.«

»Sie flüstert: *Anna. Anna.*«

»Ja, Erin. Sie flüstert wirklich *Anna. Anna.* Genau wie in meinen Schlafgedanken.«

»Aber das sind keine Schlafgedanken.«

»Nein, Erin. Das sind Wachgedanken, Gedanken, so hell wie der Tag.«

28

Tief in der Nacht, tief in der Dunkelheit, als der Mond durch die zerbrochenen Oberlichter schien und niemand schlief, als unsere Gedanken zitternd durch Wahrheit und Träume und Einbildung glitten, als Jan und ich durch die Druckerei wanderten, Kekse knabberten und Orangenpralinen naschten, da redeten wir über den kommenden Tag. Über das Floß.

»Wir müssen Grampa und den Heiligen hierlassen«, sagte er. »Wir lassen sie liegen, aber so, dass die Arbeiter sie finden.«

»Kein Platz auf dem Floß«, sagte ich.

»Kein Platz auf dem Floß.«

Wir hatten Kerzen rings um den Mann gestellt, den wir aus den Middens ausgegraben hatten. Wir setzten uns zu ihm.

»Was werden sie wohl sagen«, überlegte ich, »wenn sie die beiden finden?«

Er lächelte.

»Sie werden sich alle möglichen wilden Geschichten erzählen.«

»Ich kann's kaum erwarten, die Zeitungen zu lesen.«

Ich hob eine Handvoll Metallbuchstaben vom Boden auf und legte ihren Namen:

HeaVEn EYeS

»Diese Geschichte werden sie nicht erzählen«, sagte ich.

»Es ist unsere Geschichte«, sagte Jan.

»Genau. Selbst die Sachen, die wir nicht wissen, und auch die Sachen, die wir nie erfahren werden.«

»Wahrheit und Träume und erfundene Sachen.«

Wir lachten.

»Ich frage mich, was Heaven in ihr Lebensbuch schreiben wird«, sagte Jan.

Er erzählte mir von den Artikeln in der Zeitung.

»Sie haben alle Namen«, sagte er. »Die Mutter, der Vater, die Schwester, die Brüder. Das Boot wurde am Strand gefunden, die Leichen nicht. Die komplette Familie ist im Meer ertrunken.«

»Außer Anna.«

»Außer Anna.«

»In den Fluss gespült von der Flut, abgesetzt auf den Black Middens, von Grampa gefunden.«

»Wir erzählen ihr, was wir von ihr wissen.«

»Aber langsam.«

»Ja. Ganz langsam.«

Unsere Gedanken wanderten und wanderten und wanderten.

Vielleicht lag es an den Kerzen, der Art, wie das Licht über seine Haut tanzte. Ich kniff die Augen zusammen. Vielleicht lag es bloß an der Erschöpfung, vielleicht daran, dass wir zugesehen hatten, wie Grampa gestorben war, oder an all den Ereignissen der letzten Tage. Ich kniff die Augen zusammen und schüttelte den Kopf. Die Bewegung war kaum sichtbar. Ein leichtes Strecken des Fingers, ein sanftes Krümmen des Rückens. Dann nichts mehr. Es mussten die Kerzen gewesen sein, die Müdigkeit. Doch da war es wieder. Diesmal streckten sich beide Hände, der Rücken bog sich durch. Der Heilige zog langsam die Knie an und legte sie dann wieder ab.

»Jan«, hauchte ich. »January.«

»Nein«, flüsterte er.

»Doch«, flüsterte ich.

Er war so schön, wie er sich da auf dem Boden umdrehte, wie er sich erhob und vor uns kauerte. Er leuchtete regelrecht; die Kerzen und der Mond warfen ihr Licht auf ihn. Er machte kein Geräusch. Die Augen blieben geschlossen. Seine Lippen bildeten immer noch diese gerade, friedliche Linie. Dann stand er auf, und er war schlank und anmutig. Er schien auf etwas zu warten.

Wir hörten Heaven im Büro. »Grampa! Mein Grampa!«, rief sie.

Was war es, das da aus dem Büro kam? Es war nicht Grampa, jedenfalls nicht sein Leib. Der lag noch immer über dem Buch im Büro. Mouse erzählte uns später, dass sich ein Abbild von Grampa aus seinem Körper gelöst und erhoben hatte und zur Tür gegangen war. Heaven sagte, es sei Grampas Güte, Grampas Herz. Jan und ich sahen eine Gestalt, die so groß wie Grampa, aber verschwommen und durchsichtig war. Sie schwebte mehr, als dass sie ging. Der Heilige wartete und ging dann dem Schemen voraus aus der Druckerei durch die Gassen in Richtung Kai. Wir folgten ihnen. Heaven hielt meine Hand. Wir erreichten den unebenen Boden oberhalb der Middens. Der Heilige stieg zuerst nach unten, dann Grampas Schemen. Wir beugten uns über den Rand. Seite an Seite liefen sie über die Black Middens, ohne auszurutschen, ohne einzusinken. Sie gingen über den Rand der Middens hinaus, wo sich Wasser und Land trafen, und gelangten zum Fluss. Im Licht des Mondes sahen wir, wie sie Seite an Seite immer tiefer ins Wasser gingen, bis sie ganz verschwunden waren und man nur noch die funkelnden Wirbel und Strudel sah und den Gezeitenstrom, der den Fluss zum Meer zog.

29

Heaven küsste seine Wange. Sie flüsterte, dass sie ihn liebte und er für immer in ihrem Herzen bleiben würde. Sie weinte ein wenig.

»Lebwohl, Grampa«, sagte sie. »Lebwohl, mein lieber Grampa.« January, Mouse und ich berührten ihn zum Abschied nur leicht. Ich legte meine Hand auf das Buch und drehte mich zu Heaven. Sie half mir, es unter ihm hervorzuziehen. Wir legten es zu seinen anderen Büchern und ihren Schätzen in eine Kiste. Wir packten unsere Rucksäcke und gingen ein letztes Mal durch die Druckerei. Auf unserem Weg hoben wir Metalllettern auf, genug für all unsere Namen und die Namen all unserer Geschichten, und steckten sie in unsere Taschen. Wir knabberten Kekse und naschten Pralinen. Wir gingen durch die Gassen in das helle Sonnenlicht des Kais. Wir setzten uns an den Rand. Wir schauten zu, wie die Flut kam, und das Wasser Stück für Stück über die Black Middens schwappte.

Auf den Brücken blitzte der Verkehr. Am gegenüberliegenden Ufer waren Fahrradfahrer und Fußgänger unterwegs. Möwen kreischten.

»Wir könnten alles Mögliche machen, weißt du«, sagte January. »Wir könnten überall hingehen. Wir müssen nicht zurück.«

Wir rochen dem Ozean. Das Moor zeichnete sich dunkel vor dem strahlend blauen Himmel ab, der bis in die Unendlichkeit reichte.

»Ich weiß«, sagte ich.

»Aber vielleicht sollten wir uns erst um Heaven kümmern. Dann hauen wir einfach wieder ab.«

Wir lachten.

»Das nächste Mal gehen wir zu Fuß«, sagte ich.

»Okay. Das nächste Mal gehen wir zu Fuß.«

Mouse ließ Quiek durch seine Finger purzeln.

»Darf ich mitkommen?«, flüsterte er.

»Nein!«, blaffte January ihn an. Dann lachte er. »Klar«, sagte er. »Ohne unseren kleinen Helfer würden wir es doch nie schaffen.«

Das Wasser erreichte das Floß und hob es leicht an.

»Ich bin befürchtet«, sagte Heaven.

»Ich auch«, sagte ich. »Wir sind immer befürchtet. Aber wir sind auch immer mutig.«

»Mutig mutig«, sagte sie.

»Ja. Mutig mutig.«

Wir kletterten mit unseren Rucksäcken und unseren Schätzen hinunter und verstauten sie in der Mitte des Floßes. Wir packten die neuen Ruder ein, die wir aus zerbrochenen Brettern gemacht hatten. Hinter uns hörten wir das Brüllen und Rasseln der Maschinen. In den Gassen waren Männer in bunten Schutzhelmen. Wir hörten, wie sie sich etwas zuriefen. Jan hielt das Seil fest, während wir über das rennende Wasser auf das Floß sprangen. Dann löste er das Seil und sprang hinterher. Die Flut befreite uns von den Middens und trug uns fort. Wir ruderten flussaufwärts.

Auf der anderen Seite des Flusses waren Fahrradfahrer und Jogger unterwegs. Sie sahen uns nicht. Sie nahmen keine Notiz von uns.

»Schöner Tag für 'ne Bootsfahrt!«, rief January ihnen zu.

»Dann eben nicht«, sagte er, als sie ungerührt ihren Weg fortsetzten.

»Vielleicht können sie uns nicht sehen«, sagte ich.

»Sie können uns nicht sehen?«

Ich musste daran denken, was Wilson Cairns gesagt hatte: Man musste ganz genau hinschauen, oder man verpasste es.

»Vielleicht schauen sie nicht genau hin.«

»Ha!« Er wedelte mit den Armen. »He, ihr da! Schöner Tag für ’ne Bootsfahrt!«

Aber sie rannten und radelten einfach weiter.

Wir ließen den Kai an den Middens hinter uns, kamen an den anderen verfallenen Kais am Stadtrand vorbei, an den Ruinen und den Baustellen. Vorbei an den großen Plakatwänden, die zeigten, wie die Welt sein würde. Das Floß schaukelte und kreiselte, es wurde von den Wirbeln und Strömungen davongetragen. Das dunkle Wasser klatschte über die Türen und durchnässte uns. Heaven hielt mich mit ihren Schwimmhautfingern fest. Als wir Norton erreichten, die Pubs, Clubs und Restaurants, atmete sie schwer. Jetzt sahen uns die Menschen. Es war, als würden wir allmählich wieder auftauchen. Paare, Hand in Hand. Familien. Mädchengruppen und Jungsgruppen. Heaven duckte sich und versteckte sich hinter mir.

»Alles Geister«, sagte sie. »Alles Geister!«

Als die Flut ihren höchsten Stand erreichte, wurde der Fluss langsamer. Wir fuhren unter der wunderschönen hohen Brücke mit ihren Stahlbögen hindurch, zu den Hochhäusern, der Festung, der Kathedrale mit dem Glockenturm, dem Gewirr aus alten und neuen Häusern, die aus Stein und Holz, Beton und Glas waren. Alles war dicht aneinandergedrängt. Die Stadt brauste und brüllte, wie ein lebendiges Wesen.

Heaven schlug sich die Hände vor die Augen und Ohren. Aber immer wieder nahm sie sie weg und schaute und lauschte.

»Befürchtet?«, fragte ich.

»Befürchtet«, sagte sie.

Doch ihre Augen wurden größer. Fasziniert hob sie den Kopf, reckte sich und verrenkte den Hals, betrachtete atemlos die Brücke, den Himmel, die Welt. Sie atmete tief ein und murmelte:

»Wundervoll. Wundervoll, Erin. Wundervoll. Wundervoll. Wundervoll.«

TEIL 3

Whitegates

1

Wir kehrten zum Anfang zurück. Und während die Sonne auf unsere Köpfe brannte, paddelten wir durch die Strudel und Wirbel und das Treibgut. Der Fluss trug uns unter dem endlosen Himmel über sein tiefes, tiefes dunkles Bett. Er brachte uns heim. Er brachte unsere Geschichten heim. Und unsere Schwester. Heaven Eyes. Dieses Mädchen, das eigentlich im Meer ertrunken sein sollte und aus dem Schlamm gerettet worden war. Dieses fischige, froschige Mädchen, das guckte und lächelte und im Herzen aller Dinge den Himmel sah. »Erin«, sagte sie. »Erin. Du tust über mich wachen, meine besteste Freundin?« Ich lächelte und lächelte. Während wir uns dem Kai näherten, schaukelte und kreiselte das Floß. Dunkles Wasser leckte an uns. Immer näher kamen wir dem Ufer. Ich ließ Heaven nicht aus den Augen, auch dann nicht, als wir anlegten, die Holzplanke packten und anlandeten. Aber sie ging nicht weg. Sie verblasste nicht. Sie verschwand nicht. Sie hielt mich immer noch mit diesen Schwimmhauthänden fest. Sie lächelte mich immer noch mit ihren wasserhellen Augen an. January machte die Halteleine fest. Mouse stieg als Erster nach oben. Dann ich. Auf halben Weg die Stufen hoch blieb ich stehen. Jan reichte mir die Rucksäcke und die Kiste mit Heavens Schätzen. Ich nahm sie und wuchtete sie nach oben zu Mouse, dann war das Floß leer. January stand mit einen Fuß auf dem Floß und mit einem auf dem Anleger. Er hielt die Halteleine straff und wartete darauf, dass Heaven hinüberstieg.

Sie schaute zu mir. Niemand sagte etwas. Wir blickten sie an und warteten. Das Floß schaukelte und knarrte leicht. In meinem Kopf drehte sich alles. Ich stellte mir vor, wie Heaven Eyes wieder ins Wasser gezogen wurde. Ich sah, wie sich eine Welle erhob, sie vom Floß spülte und wieder ins Meer holte. Aber es war nur ein Traum, eine Vision. Als ich das Bild abschüttelte, kauerte Heaven auf den Türen, auf der goldenen Schrift, auf Januarys Fluch. Sie nagte an ihrer Unterlippe. Sie zitterte und presste die Augen zusammen. Wasser platschte gegen ihre Knie.

»Komm schon«, sagte ich.

»Komm schon«, sagte Mouse.

»Sei mutig, Heaven«, sagte ich.

»Mutig mutig«, sagte Jan.

Ein Lächeln stahl sich auf ihr Gesicht und breitete sich über ihre Lippen bis zu ihren Wangen aus. Sie öffnete die Augen, reckte sich und griff meine Hand. Dann zog sie sich hoch, ließ das Floß hinter sich und kletterte mit mir nach oben.

»Puh!«, sagte sie. »Puh!«

Wir ruhten uns auf dem alten Kai aus. January lachte. Er beugte sich über den Rand und löste die Halteleine, an der das schaukelnde Floß zerrte.

»Was für ein Witz«, sagte er. »Das Ding sollte uns meilenweit wegbringen. Und wir waren die ganze Zeit in Sichtweite.«

Er hatte recht. Von hier aus konnten wir die Ausleger der Kräne über den eingesackten Dächern des Kais oberhalb der Black Middens gut sehen. Vielleicht gingen genau in diesem Augenblick Arbeiter mit Schutzhelmen durch die Druckerei. Vielleicht öffneten sie gerade jetzt die Bürotür und fanden Grampa. Vielleicht machten sie in diesem Moment große Augen, flüsterten und erzählten sich Geschichten.

Das Floß zerrte an January. Es wollte freigelassen werden.

»Lass es los«, sagte ich.

»Einfach so?«, fragte January.

Bei der Vorstellung bekam er ganz große Augen.

»Einfach so?«, fragte er noch einmal.

»Ja. Einfach so.«

Er zupfte am Seil und grinste.

»Damit jemand anders es findet, was? Und sein eigenes Abenteuer erleben kann.«

»Ja«, sagte ich. »Also lass los.«

Er reichte mir das Seil.

»Halt mal«, sagte er.

Er kletterte wieder nach unten, bückte sich, holte sein Messer heraus und ritzte etwas in den Lack.

»Was machst du da?«, wollte ich wissen.

»Wenn irgendjemand das Floß benutzt, muss er doch Bescheid wissen«, sagte er. »Das hier sind Gebrauchsanweisungen.« Er sagte laut vor, was er in das Holz einkratzte: »Du musst Messer, eine Taschenlampe, Essen und Klamotten zum Wechseln mitnehmen. Du musst tapfer und stark sein. Du …«

Er drehte sich um und schaute zu mir hoch.

»Du darfst nicht allein gehen!«, rief ich, und er ritzte die Worte ein.

Dann drehte er sich wieder um.

»Du musst einen wahren Freund mitnehmen!«, rief ich, und auch diese Worte ritzte er ein.

»Was noch?«, fragte er.

Ich schaute zu ihm nach unten. Das Floß zog an meiner Hand, sehnte sich danach, losgelassen zu werden.

»Jemand, dem du dein Leben anvertraust«, sagte ich. »Jemand, mit dem du bis zum Tod und wieder zurück gehen würdest.«

Er lächelte und schnitt auch diese Worte in den Lack.

Dann kletterte er wieder nach oben und nahm mir das Seil aus der Hand.

»Okay«, sagte er und ließ das Floß los.

Es kreiselte in die Mitte des Flusses, wo es kurz zögerte und auf der Stelle schaukelte, ehe es von der Strömung mitgezogen wurde. Wir schauten ihm nach, wie es kleiner und kleiner und kleiner wurde. Wir sahen den roten Fluch aufblitzen, die Kanten der Türen, aber schon bald war es nicht mehr zu sehen. Wir schauten weiter hin, und in unseren Gedanken war von nun an immer das Bild, wie unser herrliches Floß am Ouseburn vorbei über die Black Middens hinwegtrieb und nach der langen, weiten Biegung hinaus in den endlosen, glänzenden Ozean verschwand.

2

Zügig liefen wir durch die Ruinen, kletterten über Zäune, zwischen großen Schutthaufen hindurch, vorbei an den glimmenden Überresten von nächtlichen Lagerfeuern. Ich dachte schon an unsere nächste Flucht. Wir würden weglaufen, wir vier zusammen. Unser Ziel waren die verborgenen, geheimen und verbotenen Orte. Dazu mussten wir gar nicht weit weg. Die wundersamsten Dinge waren ganz nah, manchmal schon auf der anderen Seite des Flusses. In unserer Welt gab es die außergewöhnlichsten Sachen, und sie warteten nur darauf, von uns entdeckt zu werden. Ich hielt Heaven ganz fest. Möwen schossen mit ausgebreiteten Flügeln über uns hinweg. Sie flogen geradewegs in unsere Herzen hinein und sangen kreischend von der Freiheit. Wir gingen den Hügel hinauf, weg vom Fluss, durch das Brachland, wo früher die Reihenhäuser gestanden hatten. Hier hatte Mouse das Graben gelernt, hier hatte er sich auf seine bedeutsame Entdeckung in den schwarz schwarzen Black Middens vorbereitet. Wir erreichten die Wohnsiedlung, gingen an dem Haus vorbei, in dem Mum und ich gewohnt hatten. Hier war ich in ihr gewachsen, hier war ich in unser Paradies geboren worden, hier hatte ich eine Wiege von der Heilsarmee gehabt und Elfen an den Wänden, bunte Blumen und dicke Stachelbeeren im Garten, hier hatten Liebe und Glück geherrscht, und beides war immer noch da und würde nie vergehen. Tief in mir seufzte Mum, flüsterte meinen

Namen, erschauerte vor Freude. Wir gingen weiter nach St. Gabriel hinein. Backstein- und Rauputzfassaden, rote Dächer, Laternenpfähle, Straßen- und Verkehrsschilder, viereckige Vorgärten. Sonnenlicht funkelte auf den Fenstern, bleichte den Asphalt, glänzte auf der schwarzen Fahrbahn und verwandelte sie in eine schimmernde Schlange, die uns nach Whitegates führte.

»Da wollen wir hin«, sagte ich zu Heaven. »Zu dem dreistöckigen Haus und dem Metallzaun und den Gesichtern an den Fenstern.«

Wilson Cairns war am Fenster, fast als ob er die ganze Zeit hinausgeschaut hätte, seit wir abgehauen waren. Spargel-Stu stand mit einer Zigarette im Mund und offenem Hemd im Betongarten, genau so wie an dem Nachmittag, als wir gegangen waren.

»Ach, hallo?«, sagte er, als wir durch das schmiedeeiserne Tor traten.

»Hallo«, antworteten wir.

»Nettes Picknick?«

»Ganz große Klasse, Stu«, sagten wir.

»Und wen bringt ihr da mit?«

»Heaven Eyes«, sagte ich. »Eine Schwester.«

»Ach!«

Er spuckte aus und hustete und zertrat seine Kippe unter dem Absatz. Dann guckte er nach oben in den Himmel.

Wir gingen ins Haus. Maureen war gerade auf der Treppe. Als sie uns sah, keuchte sie auf und schlug die Hand vor den Mund.

»Erin!«, rief sie. »January, Sean! Wir haben uns solche Sorgen gemacht!«

Fingers Wyatt und Maxie Ross tauchten in der Tür zum

Billardzimmer auf. Fingers grinste uns an und reckte vor Freude die Arme hoch.

Maureen kam auf uns zu. Sie streckte die Hände nach uns, aber ich wich zurück. Sie umarmte Mouse. Über seine Schulter hinweg schaute sie mich an.

»Solche Sorgen«, sagte sie. »Habt ihr nicht mal an uns gedacht?«

»Doch.«

»Aber nicht so sehr.«

»Euch hätte alles Mögliche passieren können. Alles Mögliche. Was sollen wir nur mit euch machen?«

»Keine Ahnung.«

Sie rückte von Mouse ab und starrte uns an.

»Und wer ist das?«

»Wir haben sie mitgebracht. Sie hat keine Familie. Kein Zuhause.«

Sie betrachtete Heaven.

»Und wie heißt du?«

»Mach schon«, flüsterte ich.

Heaven drehte ihr Gesicht zu meinem Arm und spähte schüchtern zu Maureen.

»Mein Name ist Heaven Eyes. Oder Anna.«

»Und wo sind deine Mutter und dein Vater, Anna?«

Heaven sog verängstigt die Luft ein und leckte sich über die Lippen.

»Mach schon«, sagte ich.

»Sie sind in meinen Schlafgedanken und in meinen Schätzen. Sie sind in meinen Gedanken, so hell wie der Tag.«

Maureen warf mir einen Blick zu.

»Und wo hast du gewohnt, Anna?«

»Bei meinem Grampa auf der anderen Seite des rennenden Wassers.«

»Und wo ist dein Großvater jetzt?«

Heaven blinzelte die Tränen aus den Augen und konnte nicht antworten.

Maureen rückte näher zu mir.

»Wer ist sie?«

»Das wissen wir nicht.«

Sie nahm meine Hand.

»Ich hatte schreckliche Albträume, Erin. Warum glaubst du nur, dass du vor uns weglaufen musst?«

Ich schaute ihr in die Augen. Ich sah, dass sie sich nach einer Antwort sehnte. Sie sehnte sich danach, mich in den Arm zu nehmen, mich als Tochter willkommen zu heißen.

»Ich möchte es verstehen«, sagte sie.

»Wir laufen *in die Freiheit*«, sagte ich. »Einfach nur in die Freiheit.«

Ich drehte mich um und ließ sie stehen.

3

Als wir ins Billardzimmer kamen, umarmte Fingers mich. Sie wiederholte ständig unsere Namen und sagte, dass sie solche Angst gehabt hätte, wir würden auf dem Grund des Flusses oder auf dem Grund des Meeres liegen.

»Die ganzen Geschichten«, sagte sie, »und das ganze Gerede. Seid ihr wirklich mit einem Floß losgefahren?«

»Ja!«, sagten wir alle gleichzeitig.

Fingers kaute auf ihrer Lippe. Maxie betrachtete uns ganz aufgeregt. Andere kamen zu uns und kicherten. Fett-Kev beobachtete uns von seiner Ecke aus und kratzte sich den Bauch.

»Ich wusste es«, sagte Fingers. »Ich hab von euch geträumt. Jede Nacht hab ich gesehen, wie ihr den Fluss runtergesaust seid. Ihr wart ganz weit draußen auf dem Meer.«

Sie lachte und umarmte uns.

»Wie war es?«, fragte sie. »Wie war es?«

Sie verstummte und schaute Heaven an.

»Es war phantastisch«, sagte ich. »Aufregender, als du dir vorstellen kannst.«

»Ich wusste es«, sagte sie. »Ich wusste es. Ich hab's dir doch gesagt, Maxie, stimmt's?«

»Stimmt«, sagte Maxie. »Floß. Fluss. Meer.«

»Und wie weit seid ihr gekommen?«, wollte Fingers wissen.

Wir zögerten. Wir hätten einfach sagen können: über

den Fluss zu den Black Middens, den Kai hoch in die Druckerei und dann wieder nach Hause.

Ich nahm ihren Arm und drückte sie an mich.

»Bis in eine andere Welt!«, flüsterte ich.

Sie hielt den Atem an.

»Nein!«

»Doch. Wir sind nur über den Fluss gefahren, aber es war wirklich so wie in einer anderen Welt.«

Fett-Kev schnalzte mit der Zunge und lachte höhnisch.

Ich legte den Arm um Heaven und hielt sie ganz fest.

»Und das ist unsere Freundin, die mit uns zurückgekommen ist. Ihr Name ist Heaven Eyes oder Anna. Sie wird bei uns leben. Heaven, das ist Fingers. Und das ist Maxie. Das sind alles deine Freunde.«

Scheu hob sie den Blick. Scheu lächelte sie. Scheu hob sie die Hand, und das Licht, das zu den Fenstern hereinfiel, schimmerte durch ihre Schwimmhäute und machte sie schön. Fingers streckte die Finger aus und nahm ihre Hand.

»Du bist wunderschön«, sagte sie.

»Du bist auch wunderschön«, sagte Heaven.

Sie berührte die alten Narben und Brandwunden an Fingers Hals.

»Du bist verletzt«, sagte sie. »Aber du bist wunderschön.«

Nicht mehr ganz so scheu blickte sie sich im Zimmer um.

»Oh, Erin, meine Schwester«, sagte sie. »Oh, Erin Law, meine Schwester.«

Und dann sah sie Wilson Cairns. Er saß mit dem Gesicht zur Wand an seinem Tisch, vor sich hatte er eine

Schale mit Ton und eine Schale mit Wasser. Ich führte sie zu ihm. Er hielt die schlammige Figur eines Kindes in seinen Händen. Ich stellte mich vor ihn an den Tisch.

»Das ist Wilson Cairns«, sagte ich.

Ich strich sanft über seinen Kopf.

»Hallo Wilson«, sagte ich. »Wir sind zurückgekommen, so wie ich es gesagt habe.«

Er wandte sich zu uns. Durch seine dicken Brillengläser schaute er Heaven in die Augen, schaute ganz tief in sie hinein. Es war, als ob er in sie hineinsehen konnte und dort, tief in ihrem Innersten, etwas ganz Erstaunliches entdeckte.

»Wir haben aufgepasst und hingeschaut«, sagte ich. »Wir haben phantastische Dinge gesehen, Wilson. Wir haben unsere Schwester Heaven Eyes gefunden und sie mitgebracht.«

»Und ihr werdet wieder weggehen«, sagte er.

»Ja. Wir gehen weg und kommen wieder. Du könntest auch weggehen. Du könntest mit uns kommen.«

Er schniefte. Dann schaute er auf seinen massigen Körper. Ein Lächeln zuckte über sein Gesicht.

»Ich?«, sagte er.

Ich grinste. Er hatte recht. Während wir anderen über die Erde hasteten oder mit Flößen über Flüsse fuhren, fand er seine Freiheit in der Art, wie er die Dinge betrachtete, in seinen Gedanken und seinen Träumen, in den Figuren aus Ton.

Heaven streckte die Hand aus und berührte das schlammige Kind.

»Hast du sie in dem ganzen Wasser und dem ganzen Schlamm gefunden?«

»Ja«, sagte Wilson.

»Sie ist wunderschön«, sagte sie.

»Ja.«

»Und hast du auch ihre Schwestern und Brüder in dem Wasser und dem Schlamm gefunden?«

»Ja«, sagte Wilson.

Er zeigte ihr die Figuren, die er heute erschaffen hatte: Babys und Kinder, Mädchen und Jungen, manche schon getrocknet, andere noch weich und nass.

Sie fuhr mit den Händen über die feuchten Oberflächen. Sanft drückte sie mit den Fingerspitzen dagegen. Ton und Wasser tröpfelten zwischen ihren Fingern durch.

»Sie sind wie ich«, sagte sie. »Mein Grampa hat Heaven Eyes in dem schwarz schwarzen Wasser und dem schwarz schwarzen Schlamm gefunden.«

Wilson strich mit seinen dicken Fingern über ihre zarten Schwimmhäute.

»Es gibt Dinge, die aus dem Wasser und dem Schlamm kommen und sich bewegen und laufen wie wir«, sagte sie.

»Ich weiß«, sagte Wilson.

»Wir haben diese Dinge gesehen. Meine Schwester Erin Law und meine Brüder Janry Carr und Mouse Gullane haben diese Dinge gesehen.«

»Ich weiß«, sagte Wilson.

Sie stand neben Wilson und nahm einen Klumpen Ton in die Hand. Sie drückte und formte und lächelte, und Wasser und Schlamm tröpfelten über ihre Arme. Wilson und sie arbeiteten jetzt beide. Immer mehr Figuren tauchten aus dem Ton auf. Heaven fing leise an zu summen. Wir zogen uns zurück und gingen zum Billardtisch, wo wir Fingers, Maxie und den anderen von unserem Abenteuer erzählten. Fett-Kev stapfte hinaus. Wir sahen, dass Maureen uns durch das Fenster in ihrem Büro beobachtete. Wir redeten weiter. Erst erzählten wir alles, was nicht schwer zu glauben war. Das Unglaubliche hoben wir uns für später auf: Grampas Tod, der Heilige, das Geheimnis von Heaven Eyes. Wir gingen zum Fenster und deuteten über die Häuser von St. Gabriel und über die Brücken hinweg zu dem Kai bei den Black Middens.

»Da unten, kurz vor der großen Biegung im Fluss.«

»Wo?«, fragte Maxie.

»Wo?«, fragten auch die anderen.

»Gleich hinter der Mündung des Ouseburn«, sagte Mouse. »Wo die Schlammbank ist«, sagte January. »Die Black Middens. Da stehen alte Lagerhäuser und Fabriken und eine riesige Druckerei. Ein alter, verlassener Ort. Da geht niemand hin.«

»Außer uns«, sagte ich.

»Ja, außer uns«, sagte January. »Und jetzt reißen sie alles ab und bauen Restaurants und solche Sachen, wie überall.«

Die anderen hoben die Augenbrauen und zuckten mit den Schultern.

»Tja«, sagte ich. »Wir wussten ja auch nichts davon. Aber es war alles da. Ein toller Ort.« Ich lachte. »Und jetzt reißen sie alles ab.«

Wir starrten über die Siedlung in den sonnigen Nachmittag, und plötzlich waren wir voller Erstaunen, dass wir all das wirklich gemacht hatten und wieder in unsere gewöhnliche Welt zurückgekommen waren und dass das

Mädchen, das wir in den Black Middens gefunden hatten, neben uns saß und summte und murmelte.

»Das ist noch nicht alles, richtig?«, fragte Fingers.

»Richtig«, sagte ich. »Aber den Rest erzählen wir euch später.«

4

»Anna – und wie weiter?«, fragte Maureen.

»Wissen wir nicht.«

»Und sie hat bei ihrem Großvater gelebt?«

»Ja.«

»Und wie hieß der?«

»Wissen wir nicht.«

»Und er ist gestorben?«

»Er ist gestorben.«

»Und das ist in einem alten Haus am Fluss passiert?«

»In einer Druckerei.«

»Mehr wisst ihr nicht?«

Ich zuckte mit den Schultern und schaute sie an. Sie hatte mich aus dem Billardzimmer in ihr Büro gerufen.

»Du musst mir helfen«, sagte sie.

»Mach ich ja.«

»Dann erzähl mir noch mehr. Was weißt du noch?«

»Noch ein paar Dinge. Aber die gehören ihr. Sie will vielleicht nicht, dass Sie davon erfahren.«

»Ach Erin.«

»Ach Erin – was?«

»Ich will ihr doch nur helfen. Ich will euch allen nur helfen.«

»Helfen!«

»Du wolltest nie Hilfe, richtig? Du dachtest immer, du bist so stark, dass du keine Hilfe brauchst. Aber wir alle brauchen Hilfe, Erin. Wir alle.«

Ich schaute sie böse an.

»Und Sie mehr als andere, was?«, sagte ich.

Sie zuckte zusammen, wandte aber den Blick nicht ab.

»Vielleicht«, sagte sie.

Am liebsten hätte ich mich umgedreht und wäre rausgegangen, zurück zu Jan und Heaven und den anderen. Aber ich blieb, wo ich war.

»Sie«, sagte ich.

»Was ist mit mir?«

»Sie. Sie sind doch diejenige, die denkt, meine Mutter hätte nichts getaugt. Sie sind doch diejenige, die denkt, Sie hätten es besser gemacht.« Ich verstummte und wir starrten uns eine Weile einfach nur an. »Sie sind diejenige, die denkt, dass ich eine Tochter für Sie hätte sein können.«

»Das war nur ein Traum«, flüsterte sie. »Passiert es dir nicht auch manchmal, dass du jemanden siehst und denkst, das könnte mein Vater sein, meine Schwester, mein Bruder …«

Ich schnaubte.

»Nein!«, stieß ich hervor.

»Vielleicht, wenn du älter bist.«

»Nein, ganz bestimmt nicht!«

Ich zitterte und ballte die Fäuste. Ich wollte raus, aber ich war wie erstarrt.

»Doch«, sagte ich. »Ja sicher. Natürlich passiert mir das.«

Sie streckte über den Schreibtisch hinweg die Hand nach mir aus, aber ich wich zurück.

Sie schaute zu, wie ich mich weinend ihr gegenüber auf den Stuhl setzte.

»Du bist so ein tapferes, starkes Mädchen«, sagte sie

sanft. »Ich weiß genau, dass deine Mutter ganz wunderbar war.«

»Das war sie.«

Sie streckte wieder die Hand aus, und wieder wich ich zurück.

»Früher einmal«, sagte sie, »da träumte ich davon, viele Kinder zu haben. Es sollte nicht sein. Vielleicht habe ich mich deshalb dazu entschlossen, in einem Heim zu arbeiten.«

»Aber Sie sind so kalt«, sagte ich. »Manchmal kommt es mir so vor, als würden sie uns hassen.«

»Ich wurde oft enttäuscht, Erin. Einige von euch sind so unerträglich versehrt.« Sie seufzte und ihre Augen wurden dunkel. »Und andere wenden sich einfach von meiner Hilfe ab. Andere laufen einfach weg.«

In mir brodelte es wieder.

»Wie ich, meinen Sie.«

»Ach Erin, lass uns nicht streiten.«

Ich rieb mir die Augen. Ich hörte, wie die anderen im Billardzimmer lachten. In meinem Kopf war noch das Schaukeln des Floßes, das Wirbeln des Flusses.

»Wir könnten zusammenarbeiten«, sagte Maureen.

»Hä?«

»Wir könnten gemeinsam Heavens Geschichte herausfinden. Wir könnten überlegen, was sie braucht, um glücklich zu sein. Ich sehe doch, wie sehr du sie magst, Erin. Als ob sie deine Schwester wäre.«

Mir war klar, wie sinnlos das war. Stuhlkreise, Fragen, Therapien, Untersuchungen. Es wäre besser, ich würde mit ihr ins Moor fliehen und dort leben, wild und ungebunden wie Vagabunden. Es wäre besser, ein neues Floß zu bauen und wieder zum Meer zu segeln. Es musste doch noch eine andere Möglichkeit geben, wie Kinder wie wir leben konnten, Kinder wie Heaven Eyes, wie ich, January Carr oder Mouse Gullane.

»Ihr sind schreckliche Dinge widerfahren«, sagte ich. »Aber sehen Sie nicht, wie glücklich sie ist?«

»Doch.«

»Aber Sie verstehen es nicht.«

Sie fing meinen Blick ein.

»Nein, ich verstehe es nicht. Aber ich könnte lernen zu verstehen.«

Sie streckte die Hand aus, und ich ließ zu, dass sie sie auf meine legte.

»Wir könnten zusammenarbeiten«, sagte sie.

Ich gab keine Antwort.

»Ich muss natürlich Berichte schreiben. Es wird eine Untersuchung geben.«

»Aber natürlich«, sagte ich. »Es geht ja nicht, dass Sie sie einfach bloß lieben und in Ruhe lassen, dass sie einfach Heaven Eyes sein darf und ihre Geschichte langsam langsam herauskommt.«

»Ich könnte es versuchen«, sagte sie und drückte fest meine Hand. Aber ich zog sie weg und verließ das Büro.

5

January und ich brachten Heavens Kiste nach oben. Wir verstauten sie in meinem Zimmer auf dem Schrank. Der Tag verblasste bereits, der Abend senkte sich nieder. Wir standen am offenen Fenster. January war still, tief in Gedanken oder in Träumen versunken. Ich legte meine Hand auf seine Schulter und grinste.

»Ich glaub nicht, dass wir lange bleiben«, sagte ich. »Wir müssen Heaven ihren Klauen entreißen.«

Er rührte sich nicht und sagte auch nichts.

»Was ist los?«, fragte ich.

Er blinzelte und schüttelte den Kopf. Es war, als würde er aus tausend Meilen Entfernung zu mir sprechen.

»Weiß nicht. Nichts.«

Ich drückte seinen Arm.

»January?«

»Kommst du dir auch manchmal so verdammt jung vor?«, fragte er. »Und egal, wie alt du wirst, du bleibst immer ein kleines Kind, immer ein Baby.«

»Ja.«

»Und dann bekommt man Angst«, sagte er. »Richtig Angst.«

»Ja. Richtig Angst. Man ist ganz klein, und die Welt ist so groß. Man ist wie das winzigste Baby. Man ist ganz allein. Man fragt sich, was aus einem werden soll. Man fragt sich, wer sich um einen kümmert.«

»Ja. Ja.«

Ich stand neben ihm, hielt seine Hand und lehnte mich an ihn. January Carr, mein Freund. January Carr, dieser große, starke Junge, der ein Floß gebaut hatte, mit dem wir davongefahren waren. January Carr, dieses winzige Baby in einem Pappkarton in einer stürmischen Winternacht. Ich fühlte, wie er zitterte.

»Was ist denn?«, fragte ich.

»Irgendwas passiert«, sagte er. »Irgendwas wird passieren, und dann …«

»Und dann was?«

»Weiß nicht«, sagte er. Er saugte seine Unterlippe ein. »Ich hab Angst, Erin. Richtig Angst.«

»Ich bin bei dir«, sagte ich.

»Ich weiß. Ich weiß, dass du mich liebst.«

»Und du liebst mich.«

Wir standen da und hielten uns fest. Und als wir so dastanden, sah ich hinter seinem Rücken den Vogel zum Fenster fliegen. Er blieb einen Moment lang auf dem Fenstersims sitzen und flatterte dann ins Zimmer.

»Ein *Vogel*«, sagte er. »Guck doch, ein Vogel!«

Er flog über uns im Kreis. Es war ein kleiner dunkler Vogel, vielleicht derselbe neugierige Spatz, den ich mit Mum gesehen hatte. January drehte den Kopf, folgte dem Vogel mit den Augen und betrachtete ihn verblüfft.

»Ein *Vogel*, Erin!«

Der Vogel flatterte wieder zum Fenstersims, zögerte kurz und erhob sich dann in die anbrechende Nacht. Wir schauten ihm nach, bis er im Himmel über der Siedlung verschwand.

»Der Vogel des Lebens«, sagte ich zu January.

»Vogel des Lebens?«

»Er war schon einmal da. Er kommt herein und fliegt wieder hinaus. Er breitet die Flügel aus und fliegt eine kurze Zeit über uns hinweg.«

»Und er kommt wieder?«

»Vielleicht. Ja, vielleicht kommt er wieder.«

Wir umarmten uns und grinsten, und unsere Herzen zitterten angesichts der Wunder, die wir gemeinsam erlebt hatten.

»Gehen wir wieder nach unten«, sagte ich.

»Ja«, sagte er, aber er zögerte. Er hielt die Luft an. Schloss die Augen. Ich fühlte, wie ihn eine tiefe Ruhe ergriff. Dann schüttelte er den Kopf, öffnete die Augen und schaute mich an, als wäre er unendlich weit entfernt.

»Hölle und Granaten, Erin«, flüsterte er.

»Was *ist* denn, Jan?«

»Weiß nicht, Erin. Ich weiß es nicht.«

Wir gingen durch den Flur und die Treppe nach unten in das Billardzimmer. Wilson und Heaven saßen immer noch mit dem Gesicht zur Wand und bearbeiteten den Ton. Sie saßen ganz dicht nebeneinander, das schlanke Mädchen und der dicke Junge. Schlammiges Wasser tröpfelte durch ihre Finger. Die untergehende Sonne warf leuchtende Strahlen in den Raum. Die Kinder am Billardtisch waren wie dunkle, vornübergebeugte Figuren, die von Glitzerstaub umtanzt wurden. Als ich zu Heaven und Wilson trat, hörte ich die beiden gemeinsam atmen, und ihr Atem war wie ein Lied, wie ein leiser, süßer Gesang. Ihre Köpfe waren nach vorne geneigt. Sie waren ganz versunken in ihre Arbeit, ihre Finger glätteten, dehnten und formten. January stand mit Maxie hinter mir am Billardtisch. Draußen im Betongarten sang ein Vogel. Die Stadt brauste. Ich fühlte den Fluss, das Wirbeln und Strudeln des tiefen, dunklen Wassers und das langsame, bedächtige Ziehen der Gezeiten. Heaven kicherte, und Wilson seufzte vor Glück. Ich schaute nach unten und sah die kleine Figur in ihren Händen. Es war die nasse, schlaffe Gestalt eines Kindes. Arme und Beine, ein glänzender Körper. Es zitterte. Winzige Zuckungen in Armen und Beinen. Wilson nahm das Kind von seiner Handfläche und hielt es zwischen seinen Fingerspitzen fest. Der Körper bäumte sich, der Kopf legte sich nach hinten. Die Arme hoben sich, ein Bein schob sich vor, als ob es tanzen wolle. Heaven lachte. Wilson seufzte. Das Kind klebte an ihren Fingern, gehalten von dem zähflüssigen Schlamm, der genauso war wie am Rand der Black Middens, wo Wasser und Morast aufeinandertrafen, wo geheimnisvolle Wesen – Heaven Eyes und der Heilige – nur darauf warteten, entdeckt zu werden. Die Gestalt kam zur Ruhe, und Wilson legte sie auf einen nassen Tonblock.

Ich streckte die Hand aus, griff an ihm vorbei und berührte das kalte, nasse Tonkind. Ich berührte das Kind, das aus Ton und Wasser, Liebe und Hoffnung erschaffen worden war.

»Hast du's gesehen?«, fragte er.

»Ja. Ja. Ja.«

6

»Sie schläft heute Nacht bei mir«, sagte ich.

Maureen zuckte mit den Schultern.

»Ich lege ihr Decken und so was auf den Boden.«

Sie zuckte wieder mit den Schultern.

»Wie du willst«, sagte sie.

Sie senkte die Augen.

»Vielleicht habe ich von Anfang an alles falsch gemacht«, sagte sie.

»Was?«

»Vielleicht konnte ich euch nie richtig kennen, euch nie alle verstehen.«

Ich wandte den Blick ab und zuckte mit den Schultern.

»Vielleicht ist es Zeit, dass ich gehe«, sagte sie.

»Vielleicht.«

Sie schnappte nach Luft, und ich merkte, wie viel Schmerz so ein kleines Wort verursachen konnte.

»Aber ich habe versucht, euch alle zu lieben«, sagte sie, »vielleicht nicht immer auf die richtige Weise, aber …«

Mir war klar, dass sie Bestätigung und Trost brauchte, aber wieder zuckte ich bloß mit den Schultern.

»Also geht das klar?«, fragte ich. »Wegen Heaven, meine ich.«

»Wie du willst.«

Wir holten Decken und Kissen und legten sie auf den Boden neben meinem Bett. Heaven und ich setzten uns nebeneinander an die Wand unter das Fenster, und die

Nachtluft zog über uns hinweg, und der Mond schien auf uns nieder. Wir hielten uns an den Händen und streiften durch unsere Erinnerungen und Träume. Sie studierte lange die Gesichter ihrer verlorenen Eltern und Geschwister. Ich öffnete meinen Schatzkarton und benutzte den Lippenstift, Nagellack und das Parfüm. Ich betrachtete das Foto von dem fischigen, froschigen Ding in meiner Mum. »Mum«, flüsterten wir gemeinsam. »Mum. Mum.« Wir lächelten, als unsere Mütter kamen und unsere Namen flüsterten, uns sanft berührten und uns in den Armen wiegten. Wir lösten uns von dem kleinen Zimmer in Whitegates. Ich war in dem Garten mit den Blumen und den dicken Stachelbeeren. Wo Heaven war? Auf einem Sofa, auf den Knien ihrer Mutter vielleicht, oder auf einem kleinen Segelboot, das unter der Sonne auf dem Meer tanzte. Wir schwebten und schwebten und schwebten. January holte uns schließlich zurück. Er öffnete vorsichtig die Tür und kam ins Zimmer und kauerte sich vor uns, sein Gesicht war in Licht und Schatten getaucht.

»Kann nicht schlafen«, sagte er. »Bin total durch den Wind.«

»Janry Carr«, sagte Heaven.

»Ja?«

Sie drückte meine Hand.

»Erzähl mir über mich.«

Wir öffneten die Kiste, und Jan holte eine Zeitung heraus.

»Was steht da drauf?«, fragte sie.

Ich seufzte. Eines Tages würden wir ihr alles erzählen müssen, was wir wussten. Aber wir wollten sie langsam dorthin führen, ganz langsam.

»Dein Name ist Anna May«, sagte Jan.

»Anna May?«

»Ja. Anna May.«

»Anna May. Ist das ein schöner Name, Anna May?«

»Ja«, sagte ich zu ihr. »Das ist ein schöner Name.«

»Ich weiß noch andere Dinge«, sagte January. »Aber wir erzählen es dir langsam.«

»Ja«, sagte Heaven. »Langsam langsam.«

Sie rollte den Namen über ihre Lippen, über ihre Zunge und ihren Gaumen.

»Anna May. Anna May. Anna May.«

»May, wie der Monat Mai«, sagte ich. »Das ist die Zeit, in der die Welt stärker und schöner wird.«

»Anna May«, sagte sie. »Anna May. Anna May.« Sie lachte. »Wie fühlt sich das komisch an in meinem Mund!«

Draußen, auf der anderen Seite des Flusses, brauste leise die Stadt. Über uns hörten wir Schritte, dann auf der Treppe, dann vor der Tür. Ein Klopfen, und dann huschte Mouse mäuschenleise herein.

»Konnte nicht schlafen«, sagte er.

Wir lachten, und er setzte sich zu uns. Quiek sauste über seine offenen Handflächen.

»Quiek. Quiek.«

»Geht ihr wieder weg?«, fragte Mouse.

»Irgendwann«, sagte ich.

»Ihr sagt mir aber Bescheid, ja?«

»Keine Sorge, Mouse. Wir sagen dir Bescheid. Du kommst mit.«

Wir saßen da, in unseren Köpfen der Fluss, die schwarz schwarzen Black Middens, die Druckerei, und Grampa und der Heilige, die gemeinsam ins Wasser gegangen waren.

»Erzähl noch mehr, Janry Carr.«

»Mehr?«

»Mehr geheime Geheimnisse, mein Bruder Janry Carr.«

»Deine Mutter hieß Alison. Dein Vater hieß Thomas.«

»Namen«, sagte sie. »Wunderschöne Namen.«

Ich drückte ihre Hand.

»Wunderschöne Namen«, sagte ich zu ihr.

»Sie sind still still?«, fragte sie.

January seufzte.

»Ja, Heaven. Wir glauben, dass sie still still sind.«

Tränen funkelten auf ihren Wangen.

»Still still«, sagte sie. »Aber in meinen Gedanken gehen sie und lächeln und zittern, und sie sind so hell wie der Tag.«

Sie hob die Hände, und das Mondlicht schimmerte durch sie hindurch. Sie waren wunderschön.

»Fischig froschig«, flüsterte sie. »Fischige, froschige Anna. Erzähl mehr, mein Bruder Janry Carr.«

»Deine Schwester hieß Caroline und deine Brüder hießen Anthony und Tom.«

Immer mehr Tränen flossen über ihre Wangen und tropften in ihren Schoß. Ich hielt sie ganz fest.

»Sie sind still still«, sagte sie. »Und die kleine Heaven Eyes ist ganz allein, und die Welt ist groß groß, so groß groß.«

Ich hielt sie, während die Geheimnisse in ihr Bewusstsein drangen und die Geschichte sich in ihr festsetzte.

»Ich bin deine Schwester«, sagte ich. »Dies sind deine Brüder. Wir lieben dich. Wir lieben dich.«

Sie lehnte sich an mich.

»Erzähl nicht mehr, mein Bruder«, sagte sie. »Erzähl nicht mehr, bis die Nacht hell ist wie der Tag.«

7

Wir vier saßen im Mondlicht unter dem Fenster und schliefen. Als Maureen an die Tür klopfte und zögernd das Zimmer betrat, kam mir das wie ein Traum vor. Da stand sie in ihrem langen blauen Morgenmantel. Sie war barfuß. Ihr Gesicht war so bleich wie der Mond.

»Entschuldigt«, sagte sie. »Ich konnte nicht schlafen …«

Ich starrte sie an. January starrte sie an. Sie blieb im Türrahmen stehen.

»Ich habe mir Sorgen um euch gemacht«, sagte sie. »Ich … ich dachte, ihr wärt vielleicht wieder weggelaufen …« Sie verstummte. Sie wischte sich über die Augen. Dann ging sie vor uns in die Hocke und nahm Heavens Hand. Lass sie in Ruhe!, wollte ich sagen. Aber ich sah, wie sich Heavens Finger sanft um Maureens Hand schlossen.

»Wir werden dich finden«, flüsterte Maureen. »Wir durchsuchen alle Vermisstenanzeigen, bis wir dich finden.«

Zärtlich strich sie über die Schwimmhäute zwischen Heavens Fingern. Sie atmete zitternd aus.

»Weißt du, wer du bist?«

»Mein Name ist Anna May.«

»Anna May?«

»Anna May. Da ist noch mehr, aber alles kommt langsam langsam.«

»Wir wissen noch mehr«, sagte January. »Aber Heaven muss diese Dinge zuerst erfahren. Vielleicht erzählt sie Ihnen eines Tages davon. Okay?«

Er legte den Kopf schräg.

»Okay?«, fragte er noch einmal.

»Okay«, sagte sie.

Mach schon, wollte ich sagen. Mach schon. Geh raus!

»Erin, bitte nicht«, sagte sie leise, als hätte sie mich gehört.

Sie blieb, wo sie war. Sie kauerte vor Heaven, als wolle sie etwas, fast als warte sie auf etwas.

Heaven hob die Hand zu Maureens Gesicht.

»Wo ist dein kleines Mädchen?«

Maureen erstarrte.

»Mein kleines Mädchen?«

»Ja. Die Mum von Erin hatte ein kleines Mädchen. Die Mum von Heaven Eyes hatte ein kleines Mädchen. Wo ist das kleine Mädchen, das in Maureen war?«

Tränen glänzten in Maureens Augen und fingen das Licht des Mondes ein.

»Es gibt kein kleines Mädchen«, sagte sie.

Heaven dachte darüber nach.

»Dann ist Maureen das kleine Mädchen. Und wo ist die Mum von Maureen?«

Die Tränen glänzten und tropften.

»Es gibt keine Mum«, sagte Maureen.

»Still still?«, fragte Heaven.

»Still still. Still still.«

Die Schwimmhauthände streichelten Maureens Wangen und wischten die Tränen weg. Ich schaute zu Jan. Wir zogen die Augenbrauen hoch, erst verärgert, dann verblüfft.

»Du bist wunderschön«, sagte Heaven Eyes. »Du bist wunderschön, Maureen.«

8

Wir trieben zwischen Schlaf und Traum dahin. Ich fühlte das herrliche Schaukeln des Flusses, das herrliche Kreiseln des Floßes. In der Tiefe des Schlafs sank ich hinunter in die Schwärze der Black Middens und lag dort mit meiner Mum und vielen Heiligen. Ich sauste mit den Fischen durchs Wasser, plantschte mit den Fröschen. Ich wedelte mit den Armen und trat mit den Beinen und hörte, wie Mum mir vorsang, fühlte den Druck ihrer Hände. Ich flog mit neugierigen kleinen Vögeln in Zimmer und wieder hinaus in die Nacht zu meinem Nest. Ich spreizte die Finger aus, wie Heaven Eyes, und hielt die Schwimmhäute in die Sonne und in den Mond. Ich spürte, wie Wilson Cairns' Hände mich stützten, spürte seinen Atem, spürte sein Drängen, ich möge mich bewegen, über den kleinen Tisch laufen, während sich Kinder um mich scharten und mich fasziniert beobachteten. Ich spürte das Herz in mir schlagen, den Geist in mir voller Leben erzittern. Ich spürte die Liebe in mir. Ich hörte meinen geflüsterten Namen. »Erin. Erin. Erin.« Ich schlug die Augen auf.

»Erin«, flüsterte Jan.

»Was ist?«

»Nichts. Ich muss nur raus hier. Du musst mitkommen.«

»Was ist denn, Jan?«

»Bitte, Erin.«

Auf Zehenspitzen huschten wir durchs Haus. Es dämmerte bereits. Im Osten glühte schon der Himmel. Wir gingen hinaus in den Betongarten, durch das schmiedeeiserene Tor, hinein in die Wohnsiedlung. Spatzen schossen durch die Luft. Hoch über uns kreisten Tauben und Krähen, und Möwen kreischten und kreiselten durch den Himmel. Wir kamen an dem kleinen Haus vorbei, an dem überwucherten Garten, der zerkratzten Tür und erreichten das Brachland. Die Sonne schimmerte auf die Bögen der großen Brücke. Die Stadt dröhnte dumpf an diesem neuen Tag. Da waren Dächer und Türme, gewundene, steile Straßen, Treppen und Gassen, Backstein, Stahl und Stein. Die ganze gezackte Skyline. Im Osten sah man das Moor. Der Himmel wurde heller und immer heller. Durch die Luft zog der Geruch nach Benzin, Seetang, Meer, Fisch, Moder, Blumen und Staub, und der geheimnisvolle Fluss glänzte wie gehämmertes Metall über seinem tiefen, dunklen Bett unter einem endlosen Himmel. Der Fluss wälzte sich durch die Stadt über die schwarz schwarzen Black Middens hinweg in Richtung Meer, vorbei an den neuen Pubs und Clubs und Bürohäusern, vorbei an den alten Lagerhäusern, den verfallenen Kais, den riesigen Kränen und den Baustellen. Der geheimnisvolle Fluss, der durch Gegenwart und Vergangenheit fließt und der Zukunft entgegenwogt. Wir setzten uns auf einen Stapel Backsteine und Schutt und betrachteten das alles.

»Was ist los, Jan?«, fragte ich noch einmal.

»Träume. Nichts als Träume. Von Kartons und Krankenhäusern und Winternächten. Aber viel stärker als sonst.«

Er fröstelte.

»Unheimlich«, sagte er.

»Unheimlich.«

Einen Augenblick lang erschauerte ich bei dem Gedanken an meine eigenen unheimlichen Träume.

»Jan«, sagte ich. »Ist es schlimm, wir zu sein?«

»Weiß nicht«, sagte er. »Wie ist es überhaupt, jemand zu sein? Aber wenn du schon fragst: Ja, manchmal ist es schlimm. Manchmal ist es das Schlimmste auf der Welt.«

»Lass uns weglaufen«, sagte ich. »Gleich morgen. Heute noch.«

»Ja.«

»Wohin?«

»Ins Moor?«

»Ja, ins Moor. Stell dir das mal vor!«

Wir starrten in Richtung des Moors und träumten uns dorthin. Wir kämpften uns durch den Farn, sprangen über kleine Bäche und lagen auf weichem grünem Gras in der Sonne, umgeben vom Ruf der Brachvögel und dem Geruch nach Torf.

»Wow!«, sagte ich.

»Wow! Wow!«

Wir kicherten.

»Jan«, sagte ich. »Glaubst du, dass wir immer weglaufen werden?«

»Keine Ahnung. Vielleicht bis wir älter sind. Vielleicht bis wir selbst Kinder haben, für die wir sorgen wollen.«

Einen Moment lang sah ich es vor mir: Jan und ich, zusammen in der Zukunft, mit kleinen Kindern neben uns. Nur für einen Moment, nur dieses eine kurze Bild. Ich sprach es nicht aus, aber vielleicht hatte Jan es auch gesehen.

»Ist vielleicht schrecklich«, sagte ich, »aber ich werde es trotzdem mögen.«

»Was mögen?«

»Am Leben zu sein. Ich zu sein, in dieser Welt, hier und jetzt.«

Er grinste.

»Ist ziemlich genial, was?«, sagte er. »Ziemlich genial.«

Wir standen auf und wanderten durch das Brachland zurück zur Siedlung. Die Sonne stieg immer höher. Jan nahm meinen Arm, sodass ich stehen bleiben musste. Er drehte sich um und schaute dorthin, von wo wir hergekommen waren.

»Was hast du?«, fragte ich.

»Keine Ahnung. Nichts.«

Wir gingen weiter, aber er drehte sich immer wieder um.

»Wir schlafen doch nicht, oder?«, sagte er.

»Nein, wir schlafen nicht.«

»Warum habe ich dann immer noch diese Träume, Erin?«

9

Whitegates. Das Schmiedeeisentor. Der Betongarten. Wilson starrte aus dem Fenster, als ob er an uns vorbei- oder durch uns hindurchstarren würde, auf etwas, das eine Million Meilen entfernt war. Während wir auf das Haus zugingen, durch das Tor, durch die Eingangstür drehte January sich immer wieder um. Er schaute immer wieder hinter sich, als würden wir verfolgt, als hätte etwas unsere Fährte aufgenommen und suchte nach uns. Wir gingen hinein. Es war ganz still. Wir setzten uns hinter Wilson ins Billardzimmer. Staub wirbelte und glitzerte in der Sonne, die durch die Fenster schien. January wurde ganz ruhig. Er hielt meine Hand.

Ich schaute ihm ins Gesicht.

»Was ist denn?«

»Bleib bei mir«, sagte er. »Bitte bleib bei mir, Erin.«

Schritte über unseren Köpfen. Ich drehte mich um, Heaven und Mouse kamen herein. Heaven hob die Hand und strahlte mich an. Mouse gähnte und rieb sich die Augen. Maureen folgte ihnen, sie war barfuß und noch immer in ihrem Morgenmantel, die Haare offen und zerzaust. Als Mouse und Heaven zu uns kamen, blieb sie im Türrahmen stehen. Wir schauten einander an. Unsere Blicke waren wachsam, misstrauisch, aber ich wusste, dass wir einander nähergekommen waren. Ich wusste, dass sich unsere Geschichte verändern würde. Ich seufzte und dachte an Mum und spürte, wie sie lächelte.

»Janry Carr«, sagte Heaven. »Mein Bruder. Du bist weit weit weg.«

Er schaute sie aus seinem Traum heraus an.

»Janry Carr ist gut gut«, sagte sie, »und stark stark.«

Sie und Mouse setzten sich auf den Boden und spielten mit Quiek. In meinem Herzen hörte ich Mum singen.

Wilson Cairns seufzte tief. Dann noch einmal. January ging zu ihm zum Fenster. Ich stellte mich neben ihn. Er griff nach meiner Hand und zog mich näher zu sich.

»Erin«, hauchte er.

Wir beobachteten die Siedlung: die hellen Häuser, die glänzenden Straßen, die grünen Gärten, die roten Dächer, die Vögel, die durch den weiten Himmel schossen und flatterten. Schweigend schauten wir zu. Wir warteten.

Wahrscheinlich war sie durch das Brachland am Fluss gekommen, vorbei an dem kleinen Haus mit dem verwilderten Garten. An der Kreuzung sahen wir sie zum ersten Mal. Sie trug Jeans, eine schwarze Lederjacke und hatte einen roten Rucksack auf dem Rücken, als ob sie gerade von einem Abenteuer zurückkommen würde. Sie schaute sich um, bis sie Whitegates entdeckte. Sie betrachtete das Haus eine Weile. Ihr blondes Haar wurde vom Wind erfasst und wehte ihr ins Gesicht. Sie sah hinter sich, von wo sie gekommen war, und schien umkehren zu wollen, doch sie ging weiter in unsere Richtung. Sie bewegte sich immer noch zögernd, blickte immer wieder hinter sich, doch dann drückte sie ihren Rücken durch und schüttelte den Kopf. Ihre Haare wippten, und wir sahen ihre Ohrringe funkeln. Sie ging jetzt schneller, entschlossener. Die schwarze Straße zu ihren Füßen glänzte wie etwas Flüssiges, und sie schien durch diese Flüssigkeit zu waten. Oder über sie hinweg. Als sie fast am Schmiedeeisentor war, sahen wir ihren roten Lippenstift, ihr blasses, sorgenvolles Gesicht, ihre unsicheren hellen Augen. Ihre Kleidung war staubig, ihre Jeans am Knie zerrissen, und auch die Jacke hatte einen Riss. Wir sahen, welche Angst sie hatte, wie erschöpft sie war, aber wir sahen auch, dass January recht hatte. Sie war wunderschön. Sie trat in den Betongarten. Sie bemerkte uns am Fenster und zögerte ängstlich und beklommen.

»Oh, Erin!«, flüsterte Jan.

»Schaut hin«, murmelte Wilson Cairns.

Januarys Hand zitterte nicht. Sein Atem ging ruhig. Als sie weiterging und durch die Tür trat, war in ihm eine tiefe, tiefe Stille. Ich ging mit ihm vom Fenster weg. Heaven beobachtete alles mit ihren schönen Augen, die durch das Leid und den Schmerz der Welt bis in den Himmel sehen konnten, der dahinterlag. Sie berührte January im Vorbeigehen mit ihren Schwimmhautfingern.

Die Frau stand jetzt draußen im Gang.

Woher sie einander kannten? Aus Träumen. Aus einer stürmischen Winternacht. Aus Liebe. Sie schauten sich an.

»Ich wusste, du würdest kommen«, sagte Jan.

Sie hob die Hände an ihre Wangen und starrte über ihre Fingerspitzen hinweg.

»Ich hab auf dich gewartet«, flüsterte er.

Ich wollte mich zurückziehen, aber er hielt mich fest.

»Es ist alles gut«, sagte er. »Ich weiß, dass du mich immer geliebt hast. Ich wusste, dass du mich eines Tages holen kommst.«

»Wie heißt du?«

Ihm stockte der Atem.

»Ich weiß nicht.« Er ließ mich los. »Sag du mir, wie ich heiße.«

In dem schmalen Flur gingen sie aufeinander zu, und ich wandte mich ab.

Ich setzte mich zu Heaven und hielt ihre Hand. Neben uns spielte Mouse mit Quiek, und Wilson bearbeitete seinen Ton. Bald würden Fingers, Maxie und die anderen nach unten kommen. Draußen verdichtete sich der Tag.

»War das die Mum von Janry Carr?«, fragte Heaven.

»Ja, genau. Die Mum von January Carr.«

»Eine wunderschöne Mum.«

»Ja.«

Wir seufzten und lächelten. Sie kuschelte sich an mich.

»Erzähl die Geschichte von Janry Carr«, flüsterte sie.

»Oh, das ist eine wintrige, stürmische Geschichte«, sagte ich.

»Erzählst du's mir?«

»Ja, Heaven. Eines Tages werde ich dir die Geschichte erzählen.«

10

Vor langer, langer Zeit, als meine Geschichte begann, war ich ein winziges Dingelchen, ein unsichtbares Ding, das winzigste, unsichtbarste Ding auf der ganzen weiten Welt. Ich war versteckt, tief in der Dunkelheit in meiner Mum. Wir waren in einer billigen Pension unten am Kai. Meine Mum war wunderschön, mit strahlend grünen Augen und roten Haaren, die wie Flammen ihr hübsches Gesicht umrahmten. Mein Dad war ein Seemann von einem ausländischen Kutter, der stromaufwärts gefahren war, um Schutz vor einem Sturm zu suchen. Als sie ihm nachsah, wie er wieder davonsegelte, fühlte meine Mum schon das neue Leben in sich. Sie brachte mich in ein kleines Haus in St. Gabriel. Ich verwandelte mich in ein fischiges, froschiges Ding, das in ihrem Inneren strampelte und schwamm. Sie sang mir vor und flüsterte mir zu. Sie kaufte mir eine gebrauchte Wiege und hängte Bilder für mich an die Wand. Sie bereitete mir ein Paradies. In diesem Paradies lebten wir ein paar Jahre, und dann starb sie. Es hätte eine traurige, eine sehr traurige Geschichte sein können. Alle Geschichten können traurig sein: die Geschichten meiner Freunde January Carr, Mouse Gullane, Anna May, Wilson Cairns und all der anderen. Aber sie sind nicht traurig. Wir haben einander, und unsere Geschichten vermischen und vermengen sich wie die wirbelnden Strudel eines Flusses. Während wir durch unsere Leben kreiseln und schlingern, halten wir einander fest. Wir erleben

Momente voller Glück und Magie. Jeden Tag, mit jeder neuen Seite, die aufgeschlagen wird, erwarten uns die erstaunlichsten Dinge. Als ich mich an diesem Morgen von January abwandte und ins Billardzimmer zurückkehrte, wusste ich, dass eine Geschichte zu Ende war. Es war die Geschichte unseres Abenteuers, das wir erlebt hatten, als wir aus Whitegates ausgebrochen waren, als wir Heaven Eyes auf den schwarz schwarzen Black Middens gefunden und mit nach Hause genommen hatten. Auch andere Dinge waren zu Ende gegangen: January Carr wohnt jetzt mit seiner Mum in der Siedlung, und er heißt Gabriel Jones. Maureen sagt uns, wie schön und wie tapfer wir sind, und sie versucht, ihren Worten zu glauben. Heaven Eyes lebt bei uns, und wir nennen sie Anna May. Langsam langsam erzählen wir ihr die wenigen Dinge, die wir über ihr Leben wissen. Wir halten sie an den Händen und reden mit ihr über ihre wunderschöne Familie, die im Meer ertrunken ist. Wir haben angefangen, Grampas Bücher zu entziffern, haben begonnen, die Listen über seine Entdeckungen in den Black Middens zu entwirren, und all die Zeichnungen und Wegbeschreibungen und Kritzeleien, mit denen die Seitenränder vollgeschrieben sind, auch. Die schwarze Schrift bringt uns zurück in eine Zeit, als die Druckerei voller Lärm und Menschen war, als riesige Dampfer auf dem Fluss fuhren und Männer in Overalls auf den Kais hin und her hasteten. Ihre Geschichten fließen hinein in die Geschichte von Heaven Eyes, die in einer mondigen Nacht von einem Verwalter auf den Black Middens gefunden wurde, und diese fließt schließlich in die Geschichte von drei Wesen, die Engel gewesen sein mochten, vielleicht aber auch Teufel, aber vermutlich irgendetwas dazwischen. Wie alle Geschichten hat auch diese kein richtiges Ende. Sie geht weiter und weiter und vermischt sich mit all den anderen Geschichten in dieser Welt. Was ich erzählt habe, war nur unser Teil davon. Vielleicht glaubt ihr mir nicht. Aber jedes Wort ist wahr.

Tilmann Spreckelsen ist Redakteur der »Frankfurter Allgemeinen Sonntagszeitung« und vielseitiger Autor. In der Reihe mit dem »Blauen Band« erscheinen Bücher, die er als Kind geliebt hat – oder solche, die er gerne gelesen hätte. Bücher für den Kopf, für das Herz, Bücher, die einen ein Leben lang begleiten können.

DIE BÜCHER MIT DEM BLAUEN BAND
Herausgegeben von Tilman Spreckelsen

Dieter Bartetzko, *Türme, Paläste und Kathedralen. Eine Zeitreise durch die Geschichte der Architektur*
John Boyne, *Der Junge im gestreiften Pyjama. Mit farbigen Bildern von Gianni De Conno*
Nadia Budde, *Such dir was aus, aber beeil dich!*
John Christopher, *Der Fürst von morgen*
Dr. Seuss, *Grünes Ei mit Speck. Das Allerbeste von Dr. Seuss*
Susanne Fischer, *Der Aufstand der Kinder*
Susanne Fischer, *Der Aufstand der Kinder. Die Rückkehr der Feuerbande*
John D. Fitzgerald, *Mein genialer Bruder und ich*
Louise Fitzhugh, *Harriett – Spionage aller Art*
Clement Freud, *Grimpel*
Robert Gernhardt, *Ein gutes Wort ist nie verschenkt. Gedichte und Geschichten für Kinder*
Marie Hamsun, *Die Langerudkinder*
Ludwig Harig, *Wie die Wörter tanzen lernten. Eine erlebte Poetik*
Herbert Heckmann, *Geschichten vom Löffelchen*
Oscar Hijuelos, *Runaway*
Felicitas Hoppe, *Iwein Löwenritter*
Regina Kehn (Hg.), *Das literarische Kaleidoskop*
Ole Lund Kirkegaard, *Hodja im Orient*
Michael Morpurgo, *Nur Meer und Himmel. Die Geschichte meines Großvaters*

Marie-Aude Murail, *Das ganz und gar unbedeutende Leben der Charity Tiddler*

Peggy Parnass, *Kindheit. Wie unsere Mutter uns vor den Nazis rettete. Mit Farbholzschnitten von Tita do Rêgo Silva*

Alexandra Rak (Hg.), *Mitten im Leben sind wir vom Tod umfangen. Erzählungen über den Ersten Weltkrieg*

Gianni Rodari, *Gutenachtgeschichten am Telefon*

Georg Rüschemeyer, *Menschen und andere Tiere. Vom Wunsch, einander zu verstehen*

Silke Scheuermann, *Emma James und die Zukunft der Schmetterlinge*

Robert M. Sonntag, *Die Scanner*

Wolfgang Spreckelsen (Hg.), *Das Haus hinter Mitternacht. Unheimliche Geschichten zum Erzählen*

Theodor Storm, *Mondschein über dem Deich. Spukgeschichten und Märchen*

Richard von Volkmann Leander, *Die Traumbuche und andere Träumereien an französischen Kaminen*

Volker Weidermann, *Ma.Lu.Lu.Ka. – Ein Ratekrimi*

Martina Wildner, *Grenzland*

Johann David Wyss, *Der schweizerische Robinson. Nacherzählt von Peter Stamm*

Tanya Lieske, *Sommernachtstraum*

Marlene Röcher, *Cache*

Weitere Bände sind in Vorbereitung